# 纸短情长

FOREVER YOUNG

十二位民国才子的深情往事

中国友谊出版公司

# 目录

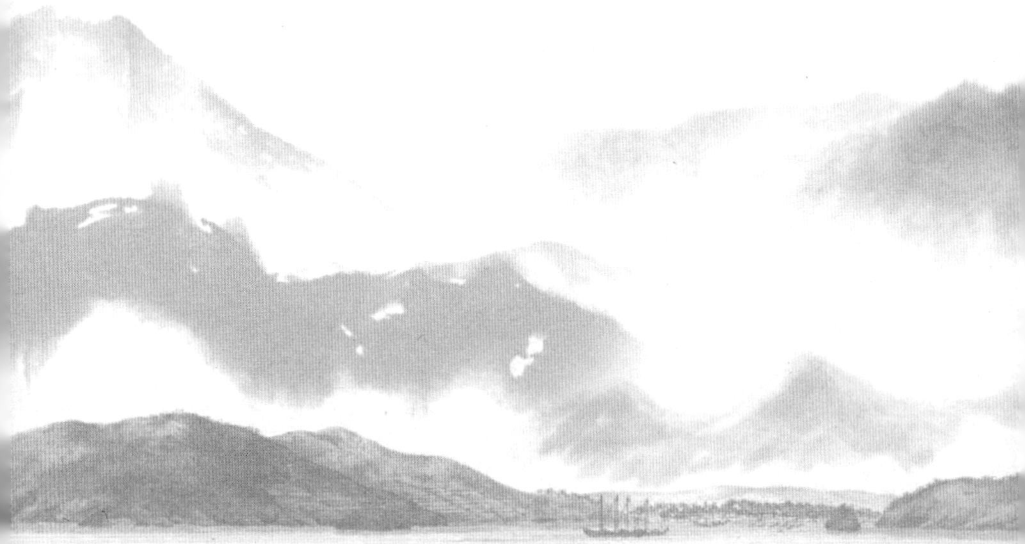

# 自序：在荒野里漫游

脸上有同样的灼伤，眼里有相同的忧郁，

不为寻猎，不为赶路，他们是在寻找自己。

一本书的序言究竟应该怎样写？大概没有什么成法。我既不打算写成一篇说明，也不打算做成一种广告，更无意炖一锅好鸡汤。我唯一想要的就是将自己在写作中闪现的片段性的念头放在这里，也算是一种交代。

奥地利作家茨威格在谈及自己的传记创作时，曾提出“精练、浓缩和准确”这样一个准则。用他的话说，他的传记作品“不是出自文献资料，而是唯一出自自觉的爱去塑造一个命运”。从某种意义上讲，笔者在写这本书之前，也曾怀揣着同样的宗旨，至于下笔能否及义，则是另一回事。就写作本身而言，表达的企图过于急切，想表达的东西太多，往往会与文本构建发生冲突，要把一个人写成一种命运，情感的力量就要大于理性的力量。这种写作，使作者自身也发生了变化。

谈民国人物，犹言魏晋风流。风暝寒烟，松月朗照，在风物之中，人才是天地精神。谈谁、怎么谈、谈什么，都非常重要。犹如从大江大河看月之倒影，是千江有水千江月，然而舀一瓢水出来，那一瓢水中之月才是你的。我选择谈和文学相关的人物，因为文学代表着一种心灵的内省，是对表象的超越。它使灵魂轻逸，使肉体沉重，扩大了心灵的范畴，增加了对万事万物的理解。我选了一个诗人、一个翻译家、一个作家……这是一群敏感的灵魂，我从他们身上看到了命运的某种悲剧性所在。一个人最大的问题，是不能逃离他自己。

在荒野里漫游的人，不是为了寻猎，也不是为了赶路，他们是在寻找自己。屈原和荷马身上背着同一个大十字架，脸上有同样的灼伤，眼里有相同的忧郁，他们不只是诗人，同时也是命运的践行者。伍迪·艾伦说："一个坦言了解自己的人，肯定是浅薄的。"周作人在《寻路的人》中说："我是寻路的人。我日日走着路寻路，终于还未知道这路的方向。"其表达的，其实是同一个意思。

我一向认为，好的作家大致可以分为两类，一类是戏剧型的（诗性的），一类是学者型的（探究性的）。前者精于虚构，倾向于情感的、灵性世界的挖掘，如郁达夫、沈从文和戴望舒；后者着力于写实，倾向于理性的、现实世界的批判，如鲁迅、胡适和林语堂。前者是魔笛，动人心魄；后者是羯鼓，振聋发聩。当然，这种分法不是绝对的，有些戏剧型作家同时也兼具学者气质，反之亦然。就个人偏好而言，我倾向于戏剧型的作家，他们就像是在黑暗的地下前行，打通了一条求知、悲悯与爱之间的隧道。有了这条隧道，人不但能追求现实的自由，同时也能追求心灵的自由。

民国是传统中国走向现代中国的一个桥梁，人的身上汇聚了古典性和现代性两种东西，互相撞击，同时又交相辉映，别有一番味道。了解其中的任何一个人，其实都是在深入一个时代。我不愿意称他们为“文人”，就像诗人海子说的，我恨东方诗人的文人气质，他们把一切都变成了“趣味”。某种程度上，我所谈的这些人物，都在竭力避免或摆脱这种趣味。以鲁迅为例，他一生执着于批判，其本质是使人成为人。几千年来的中国，人可以是任何一种东西（工具或奴才），却最不像人。鲁迅先生用一支笔进行战斗，就是要解开附着在人的灵魂上的桎梏，使人恢复活泼的本性，不但成为社会的人，同时也成为自然主义的人。可以说，他本质上就是一个诗人。

真正的人，知识、心灵、情感，三者缺一不可。所谓的圣人，或者完人，本质上其实是一具丧失了情感表达、心灵诉求的僵尸而已。无论他们的知识多么丰富，头脑多么发达，在“人”这个意义上都已经是残缺的了。也许正是这样，那些情感和心灵都健全（或更加炽烈）的人，反而不可把握自己的命运。如我所选择的人物，他们身上有各种常人无法理解和接受的东西，郁达夫多情近于滥、钱玄同激进近于偏、朱生豪执着近于痴、苏曼殊畸零近于疯……但有一点他们是相同的，那就是真——真诚、真情、真挚。他们离经叛道，欲打破枷锁却又在枷锁之中，在命运之轮上尽显人本身的缺憾。他们不怕向众人展示自己脆弱的那一面，只因他们不曾戴过面具。照陈丹青先生的说法，那是一种“未经毁伤扭曲的人格天然”。他们是一代大家，但从另一方面来看，却像一个儿童。

《先知》中说，当爱向你召唤的时候，跟随他，虽然他的路艰难而陡峭。我们所熟悉或不熟悉的这些大家，他们最终所践行的路其实只有一条，那就是爱。《红楼梦》里说：“任凭弱水三千，我只取一瓢饮。”广义而言，这其实也是在说生命的有限性，集中你的生命，为某一段时光、某一件事、某一个人倾注你的情感的力量，活得像他们一样真。

是为序。

# 梁实秋：一生一世一双人

你走之后，我像一棵树，有枝有叶，还活着，却了无生意，只好踉踉跄跄地独行。

学者谢泳有一个论断，他说“左翼”作家的婚姻好的不多，而“新月派”作家的婚姻相对好一些。就个体研究来说，这是一个有趣的方向。对“左翼”作家和“新月派”作家的婚姻状况做一个简单的对比，无法否认谢泳所说的客观性。“左翼”人物中鲁迅、郭沫若、郁达夫、萧军皆在婚姻上颇多不谐，而“新月派”的闻一多、梁实秋、陈梦家、林徽因皆能与另一半融洽相处。作家的婚姻，往往对其人生与创作产生巨大的影响，这在梁实秋身上体现得尤为明显。作为“新月派”的大将，梁实秋曾与鲁迅发生多次论战，成为现代文学史上最大的公案之一。研究梁实秋的情事，我们会发现一些有趣的旁证。

## 尤爱他那书生模样

梁实秋十九岁时，父母打算为他订一门婚事，女方是安徽绩溪人，长他两岁，名叫程季淑。为了让弟弟放心，梁实秋的大姐亲自去了解，她回来对梁说：“我看她人挺好，蛮斯文的，双眼皮、大眼睛，身材不高，腰身很细，还一头乌发，挽成一个发髻堆在脑后。”当时梁实秋正在清华大学念书，他私下写了一封信给程氏，想亲自谈一谈，但信投出去却杳无音信。

正当梁实秋感到忐忑时，他收到了一封匿名信，信中让他不要灰心，并告诉他程季淑工作的单位和电话。原来，这封信正是他的“红娘”——程季淑的闺密黄淑贞写的。梁实秋与程季淑之所以能够在一起，也与这位黄小姐有关。黄淑贞的父亲与梁实秋的父亲系旧交，黄淑贞想给闺密程季淑找一个称心的夫婿，因此便请母亲把程季淑的八字写在红纸上，去梁家提亲。这才是事情的原委。

梁实秋看了信后，立刻打电话过去。程季淑虽籍贯是绩溪，却是在北平出生和长大的，口音完全北方化，珠圆玉润，温婉极了，一下子打动了梁。他问她为何不回信，程氏羞怯不语，梁氏请求见一面，对方答应了。就这样，他们“约会”成功了。见面那天，程季淑穿着一身浅蓝上衣、长及膝盖的黑色裙子，素面朝天，显得朴素大方。梁实秋则穿着一袭蓝呢长衫，胸前饰着清华校徽，流溢着书卷气。多年以后，程季淑还记得“未婚夫”当时的着装，尤其爱他那书生模样。

二人见面只谈了半个钟头，但彼此都很满意，并约定下次在中央公园的“四宜轩”见面，从而拉开了恋爱的序幕。这虽然是“包办”的婚姻，却有一个自由恋爱的过程，不能不说与新文化运动的影响有关。

程季淑虽出身名门，但是到她这一代家里已经败落了。她的父亲程佩铭在她九岁时身故，她与寡母依靠大家族里的叔伯接济度日，受尽了寄人篱下的辛酸。不过，程季淑读书十分用功，考入国立的北京女子高等师范学堂后逐渐得到叔伯们的看重。

当时的北平虽然经过新文化运动的洗礼，但是民风依旧十分保守，逛八大胡同的窑子，人们习以为常，自由恋爱却惊世骇俗。程家虽然已经败落，但是大家族的声望和脸面还在，所以程季淑对恋爱十分顾忌。她首先把恋情告诉了母亲，母亲很理解女儿，一方面支持女儿的勇敢行为，另一方面又叫她谨慎一些，避免被叔伯们知道，引起非议。不过，旧礼教束缚不住青年男女的心，一到周末，她还是应梁实秋之邀去看电影或逛公园，谈天说地，畅想未来。

梁实秋的三妹梁亚紫在北平女师大念书，知道哥哥与程季淑恋爱了，不但予以支持，还负责保密，不过此事还是被梁父知道了。有一次，梁实秋请程季淑、黄淑贞在公园的茶座饮茶，发现父亲也在不远处的茶座上，正和一帮朋友聊天。梁父也看见了他们，起身过来打招呼，梁实秋只得向父亲介绍程、黄二人。程季淑落落大方，言辞十分得体，尽显名门闺秀的风度，梁父十分满意，还替他们付了茶钱。此后，父亲给梁实秋的零用钱就比以前多了些，这位开明的父亲支持儿子恋爱。

谢泳认为，“左翼”思潮的主体是青年，尤其是流浪青年。流浪青年更容易接受革命本身所具有的激情与浪漫。但是由于流浪的特质，必然导致情感与婚姻的不稳定。婚姻的态度，本质上是性的态度。谢泳还提出一点，即“东西方左翼思潮中，对性的态度惊人地一致”，即“左翼”作家对性所持有的随意性。相比较而言，“新月派”作家则大多出身于社会上层，或者书香门第，或者文化世家，良好的家庭状态为性格养成奠定了基础，使他们更加倾向于稳定的婚姻生活。虽然“新月派”作家也有婚姻状况不佳的，但整体而言，要优于“左翼”作家，梁实秋就是其中最好的例证。

## 始知结衣裳，不如结心肠

恋爱培养诗人，第一首诗必然是情诗。

梁实秋恋爱后，内心激荡的感情使他提起了笔，写了不少情诗和小说，小说中的女主人公基本上都有程季淑的影子。这是他投入一生的爱情，一开始便如烈火。梁实秋后来回忆：“青春初恋期间谁都会神魂颠倒，睡时、醒时、行时、坐时，无时不有一个倩影盘踞在心头，无时不感觉热血在沸腾，坐卧不宁，寝馈难安，如何能沉下心来读书？”

梁实秋经常跑到北京女子职业学校找程季淑，每次来都引得一帮女学生争相窥看。学校方面怕引起非议，不得不将程氏解聘。梁实秋从清华毕业时，请程季淑去观看毕业典礼，他在毕业庆典的节目中扮演旦角，反串一个女角色。事后，梁实秋问其观感，程季淑摇摇头不语。原来她看着情郎在台上表演，心里欢喜，只瞅了一眼便再也不敢看了，她怕别人注意到自己。

一九二三年，梁实秋赴美留学，程家不知二人相恋，准备把程季淑嫁给一个小职员。程季淑不得不委托好友黄淑贞出面，叫梁家正式提亲，并向思想开明的八叔程缵丞坦白了恋情，程缵丞没有表示反对。中间虽然有一点小波折，但二人的关系得到了两家的承认。赴美前，梁、程二人在玉楼春餐馆话别，约定三年后结婚。梁送给恋人一块手表做信物，程季淑则送给梁实秋一幅自己绣的“平湖秋月图”。同在科罗拉多学院念书的清华校友闻一多对程季淑的刺绣评价很高，鼓动梁实秋装裱在镜框里挂起来，引得一帮洋同学也纷纷称赞。

早在清华读书时，梁实秋和闻一多就关系密切，到美国后更是成为莫逆之交。二人不但志同道合，而且都有一根线牵在“闺阁”中。原来闻一多也是包办婚姻，而且还是娃娃亲，起初他对这门亲事十分反对，后来他的“未婚妻”念了书，两人的关系大转弯，先结婚后恋爱，好得如同蜜里调油一般。作为“新月派”作家，梁实秋、闻一多、胡适等都有一个共同的特点，那就是诗情之中偏向于理性，他们不但是诗人，还是学者。

梁实秋到美国后，先在科罗拉多学院读英国文学，后来赴哈佛大学读硕士，因为思念恋人，连毕业典礼也没参加就回国了。梁实秋留美期间，程季淑考入了国立美术专科学校学习绘画，她的画作和书法十分大气，没有女子的纤柔之风，很得梁实秋的喜欢。一九二七年二月十一日，梁实秋与程季淑在北京南河沿的“欧美同学会”举行了婚礼，由于戒指太松，梁实秋居然把婚戒弄丢了，这令他颇为懊恼，程季淑却反过来安慰他说：“没关系，我们不需要这个。”

婚后十余天，梁实秋携妻到上海，主编《青光》杂志。每天晚上发稿后，他下班就急匆匆地往家里跑，上楼时恨不得一步就跨上去，到家后妻子问：“你上楼的时候，是不是一步跨上两级楼梯？”梁实秋答道：“是的，你怎么知道？”妻子笑着说：“我听着你‘咚咚’的脚步声，我数着那响声的次数，和楼梯的级数不相符。”梁一听，感动极了。新婚宴尔，心心相印，情感健全的人大多一样。但是，这样的激情能保持一生却罕见。汉代诗歌中说：“结发为夫妻，恩爱两不疑。欢娱在今夕，嬿婉及良时。”最朴素却又最浪漫的情感，大抵如此吧。

程季淑性格宽和、善解人意，在家庭生活上给予梁实秋很多帮助。他们到上海后，梁实秋的父亲曾前去探望，程季淑不但准备了妥当的生活用具，甚至连老爷子爱喝的盖碗茶都备好了。老爷子喝茶有个习惯，水要开，泡茶的时间不能过长，也不能太短，程季淑就守着茶碗，估计时间差不多就端过去。梁父曾说，除了妻子泡的茶，就程季淑泡的茶可以喝。

梁母到上海后，程季淑打算给老人做点好吃的，结果忙中生乱，煮饭时放的水太多成了稀饭，着急得哭了。梁母被她的无邪逗笑了，便指点她做饭，结果有“出于蓝而胜于蓝”之进境。

梁实秋的朋友很多，尤其是新月社的同人经常来蹭饭，程季淑便亲自烹调，手艺得到一致赞赏。胡适是新月社的大佬，因为梁实秋的夫人和他是同乡，他逢人便说：“这是梁实秋，我们绩溪的女婿，半个徽州人。”缘于胡的关照，梁实秋在圈子里声名鹊起。然而，这种“声名”也给他惹来了麻烦，鲁迅似乎对“新月派”的人物素无好感，胡适也好，徐志摩也好，都被他奚落过。梁实秋也未能幸免，被冠以“乏走狗”之名，令梁氏半生抱憾。

一九三〇年夏天，国立青岛大学校长杨振声向梁实秋发出聘书，请他担任该校的外文系主任兼图书馆馆长。他的好友闻一多也被请到该校担任中文系主任，两个好朋友又能在一起了，这让他非常高兴。当时，他的女儿梁文茜已经四岁，程季淑的寡母也和他们一起生活，一家三代人其乐融融。

在青岛，他度过了一生中最值得珍视的时光。他有一篇文章专门写青岛，回忆那里的美食和风光。夏天的时候，他和朋友们在海滩上举行烧烤 party，孩子们则在浅水里嬉闹和扑腾。

参加烧烤会的教授有杨振声、赵太侔、陈命凡、黄际遇、刘本钊、闻一多、方令孺，个个都有好酒量，传说三十斤一坛的花雕他们能喝个底儿朝天，因而被称为“饮中八仙”。

## 患难执手，相濡以沫

当时闹学潮的风气很盛，但并非所有的学潮都有正面的进步意义。梁实秋和闻一多到该校后进行了一系列整顿措施，严格按照规章管理学校。他们发现有一批学生的学历是假的，不具备报考大学的学力和资格，因此决定将这些学生除名。此举却遭到反对，反对者认为，时局不宁，国家需要人才，这些学生的学历虽然是假的，但是有真知识，他们渴望接受高等教育，不应该开除。但梁、闻二人坚持按制度办事，结果和学生形成对立，学生立刻组织起来抗议，闹得满校风雨。

梁实秋做国立青岛大学图书馆馆长期间，对图书配置做了相应调查，发现有些藏书系清末的低俗色情小说，这类书籍文学性不强，影响却十分恶劣，便将这些书注销清理掉了。但有人误传，说他把鲁迅的作品也清理掉了，此说使本就有隙的二人，结怨更深了一层。

九一八事变爆发，学生纷纷南下到南京请愿，国立青岛大学的学生也参与其中。教育部给各大学发电报，令各校职掌校务者阻止学生南下，梁实秋、闻一多代表学校做学生的工作，结果惹恼了学生，再度引起了学潮。学生包围校长办公室，迫使杨振声辞职。实际上，稍具理性头脑的知识分子都明白，闹风潮不但无助于解决问题，而且容易被别有用心者利用，动辄就驱逐校长、驱逐教授，只会令教育界更加混乱。

对于有权、有枪的当权者来说，学生闹事，受到最大伤害的最终还是学生，所以蔡元培、胡适等人都反对学生上街闹风潮，包括支持过“北京女师大风潮”的鲁迅，同样是不赞成学生上街的。回头来看五四运动之后的“街头革命”，必须承认学生们的罢课抗议推动了社会的改革与进步，但大多数抗议与罢课，实际上是消极的，有些纯粹是为罢课而罢课。

一九三二年，梁实秋和闻一多决定施行“学分淘汰制”，把那些平时几乎不上课、学分不够的学生都除名，结果又引起学生抗议。梁实秋、闻一多不为所动，来了个“杀鸡儆猴”，把领头罢课的学生开除掉了。这一下惹恼了学生们，发起了驱逐梁实秋、闻一多的风潮，两人只得辞职。据说，罢课学生在黑板上画了一只兔子和一只乌龟，旁边还用粉笔写了一行附注：闻一多和梁实秋。两人看了唯有苦笑。闻一多问梁实秋：“哪一个是我？”梁实秋还不忘幽默，含笑道：“你任选一个。”

梁实秋在国立青岛大学执教期间，胡适曾去调研，他请校长杨振声领衔组织翻译《莎士比亚全集》，为此还成立了一个编译委员会，委员有闻一多、梁实秋、陈源、叶公超、徐志摩等人，但由于种种原因，莎翁著作的翻译只有梁实秋一个人坚持了下来。从一九三一年开始，他用了三十年时间翻译这部巨著，一九六七年终于在台湾全部完成。

他翻译此书，每译完一本就将稿件交给妻子，程季淑便用纳鞋底的锥子在稿纸上扎个洞，用绳子装订起来。她的手很巧，装订出来的稿子颇像线装书。梁实秋后来回忆说："我翻译莎氏，没有什么报酬可言，穷年累月，其间也很少得到鼓励，漫漫长途中陪伴我、体贴我的只有季淑一人。"

梁实秋从青岛大学辞职后，其父希望儿子回北平工作，胡适也邀请他到北大来教书。梁实秋与妻子商量，妻子很支持他，不久两人就返京了。梁家是一个大家族，人多嘴杂，琐事也多，梁实秋经常为此苦恼。程季淑就主动分担家务，让他心无旁骛，专注于《莎士比亚全集》的翻译。每到下午，程季淑就把泡好的茶和亲手做的糕点送到丈夫的书房，梁实秋停下手中的工作拉她坐一坐，她总是温柔地说："别闹，别闹，喝完茶赶快继续工作。"然后便转身走出书房。

晚上，梁实秋会告诉妻子，今天工作顺利，又翻译了三千字。程季淑总是默默地朝丈夫竖起大拇指。梁实秋的长女梁文茜后来回忆说："我的母亲是他翻译工作的幕后支持者，她无怨无悔、任劳任怨地为父亲安排一个舒适安恬的家，让父亲可以致力于他的工作。”

程季淑为人贤惠、心灵手巧，有徽州女性的那种痴执贤忍，梁实秋的薪水不高，但梁家的生活总被她安排得极妥当。孩子们衣装整洁得体，梁实秋的长衫、千层底布鞋、袜子均出自她之手。当时从外国留学回来的教授，脱下西装革履穿长衫的，以梁实秋、胡适最具代表性，那一股子名士派头一生未改。

梁实秋在北大教书时拜访者众多，访客中鱼龙混杂，程季淑隔着窗子看到了客人，有一次问丈夫：“那个獐头鼠目的是谁？那个垂首蛇行的又是谁？他们找你做什么？”梁实秋便告诉她来客的身份。程季淑认为尔辈皆非善类，她愿意省吃俭用度日，也不愿丈夫钻营。梁实秋认同妻子的看法，倾心于学术，而少于交结。

一九三七年日军侵华，华北危急，梁实秋决定携家眷撤离北平，但因岳母年老体衰，不堪奔波，无法一同出走。梁家的老老小小也需要人照顾，夫妻两人便商议，由梁实秋先走，等局势有所改观，她再带着家人去会合。没想到这一别竟是六年。

## 唯将终夜长开眼，报答平生未展眉

程母病故后，操持完杂务已是一九四四年夏天，程季淑这才登上北平南下的火车去找大后方的丈夫。她带着三个孩子和一大堆行李从徐州转道陇海路到河南的商丘，再从商丘坐车到安徽的亳州。亳州是抗战的前线和后方的分界，日军和国民党军队曾数度在此作战。从这里往后方的路虽略好走一些，但是交通并不便捷。她一路搭乘火车、汽车、独轮车，终于到达了重庆。当她带着两女一子和完好无损的行李站在梁实秋面前时，夫妇二人相对流泪，长久无言。小女儿梁文蔷后来回忆，父亲紧紧盯着他们三个，用手指着他们激动地说："这是我的孩子，这也是我的孩子，这也是我的孩子！"

抗战时期的夫妻分离，使梁实秋颇为愧疚，他曾对程季淑说过，在丧乱之时，如果情况许可，夫妻、儿女要守在一起，千万不可分离。但世事无常，抗战虽然胜利了，内战又爆发了，他们回到北平后的生活又很快陷于离乱中。一九四八年平津大战在即，梁实秋先阖家迁往广州，一九四九年又逃往台湾，他和妻子带着小女儿梁文蔷到了台湾，长女梁文茜和儿子梁文麒却留在了大陆，由此造成了骨肉分离二十多年。程季淑直到去世也未能见到留在大陆的儿女。

二十世纪六十年代末期，在台湾大学执教的梁实秋退休了，当时他的小女儿梁文蔷已移民美国，家里只有他和发妻程季淑二人。他们仿佛又回到了初恋的年纪，经常一起出门远足，最常去的地方是阳明山。他们找一家合适的旅馆住下来，上午休息，下午散步。这对老夫妻像小孩一般，在林间闲谈、嬉闹，那样子太亲密了，旅店的老板琢磨了好几日也没搞懂，人老了还能这样。

程季淑有一天问梁实秋："青草湖好不好？"梁答："管它好不好！去！"结果到那里一看，只有一座颓败的庙宇、一潭浑浊的水。景致虽然不佳，但他们爱那一片荒烟蔓草的野趣，仍然玩得很开心。

二十世纪七十年代，梁实秋和发妻程季淑迁居美国，和小女儿梁文蔷一起生活。女儿经常看到他们手牵着手，就连坐在汽车后座时也是如此，俨然热恋中的情侣。程季淑腿脚不灵便，上楼十分费劲，梁实秋便在后面推着妻子爬楼梯。有一次妻子穿着一件黑色的毛衣，梁实秋戏谑地说："黑熊，爬上去！"妻子回头模仿熊的吼声，做出扑咬人的样子。到了室内，程季淑便倒在丈夫怀中，梁实秋能听见她的心脏在怦怦地跳。尽管已经华发丛生，但妻子还是像初恋时那个不敢仰视他演戏的少女。

一九七四年，梁实秋和妻子去家附近的市场购物，结果市场门前的一架梯子滑落，砸中了程季淑。梁实秋赶紧将老妻送到医院，然而手术没有成功。程季淑的最后一句话是："治华（梁实秋本名），你不要着急！你要好好照料自己！"到了最后，她心里想的还是那个最爱的人。据说，生前她曾和梁实秋讨论过"死"的问题，程季淑对梁实秋说，最好咱们一起死，嘴里喊着一、二、三，然后同时死去。他们还谈到了来生，程季淑说："下辈子咱们还在一起，但是你当女人，我来当男人。"梁很开心地答应了。

老妻故去后，梁实秋说："我像一棵树，突然一声霹雳，电火殛毁了半劈的树干，还剩下半株，有枝有叶，还活着，但是生意尽矣。两个人手拉着手地走下山，一个突然倒下去，另一个只好踉踉跄跄地独自继续他的旅程！"梁实秋后来写的《槐园梦忆》是一本悼亡之作，他借汉代诗句说：

诗人感木瓜，乃欲答瑶琼。

愧彼赠我厚，惭此往物轻。

虽知未足报，贵用叙我情。

这是秦嘉写给妻子的《赠妇诗》中最后六句。史载，秦嘉与妻子十分恩爱，形影不离。秦嘉到洛阳任职，妻子徐淑因生病未能一起去。后来，秦嘉在他乡病逝，徐淑兄逼她改嫁。她"毁形不嫁，哀恸伤生"。梁实秋精于典籍，对这篇汉代典故了然于心，秦嘉的妻子名叫徐淑，与梁妻名同一字。老妻亡故，他于典籍中看到这篇作品，心同此理，便引用过来了。由此可见，他每每读书，对于老妻也是心中念念的。深情之人大抵如此，母亲也好，妻子也好，凡是看到那个与亲人名字相同的字眼，总觉得亲近。

弗兰茨·贝克勒在《向死而生》中说："我们只有以死为代价，才能发现人、热爱人。"梁实秋的悼亡之作，不能不说是一个自我发现的过程，他是一个作家，尤其具有一个人在关于爱的问题上最有价值的品格。

二十世纪八十年代，小女儿梁文蔷到北京，特意到中山公园父母约会的"四宜轩"拍照，寄给在美国的父亲。但梁实秋不满意，叫她拍一张带匾额的照片来。可惜，"四宜轩"的匾额早已拆掉，岂止物是人非，实则是"人非物亦非"了。后来，长女梁文茜又拍了很多中山公园的照片，托人带给父亲。梁拿到照片只看了一眼，就潸然泪下。

梁实秋在七十岁的时候，认识了小他二十八岁的影星韩菁清，一见钟情，开始了他的第二春。当时，他的学生和朋友们几乎无一人赞同，皆认为韩菁清会"吃"了他，他在情书中对韩说："不要说悬崖，就是火山口，我们也只好拥抱着跳下去。"梁与韩菁清结婚后，再次点燃了他的学术热情，他重新执笔，完成了《英国文学史》和《英国文学选》。对于晚年的爱情，梁实秋曾说："我只是一个凡人——我有的是感情，除了感情以外我一无所有。我不想成佛！我不想成圣贤！我只想能永久永久和我的小娃（对韩菁清的昵称——笔者注）相爱。人在爱中即是成仙成佛成圣贤！"

无论是程季淑，还是韩菁清，都与梁实秋相偕成趣，琴瑟和鸣。一方面缘于这两位女性对他的爱，另一方面也缘于梁实秋的用情至真。我们回头来看本文开始时谈及的话题，“新月派”作家的婚恋对作家的创作有独特意义，这在梁实秋身上十分明显。“新月派”作家后来大多成为学养深厚的学者，不论是赴台者还是留在大陆者，都把学术作为生命的主攻方向，文学性创作不再是“主流”，如孙大雨、陈梦家，包括以文学著称的沈从文。而“左翼”作家则继续沿着政治需求的路线创作，最后淹没在一片政治旋涡中。

在梁实秋的一生中，女性的影响是如此明显。我们以“新月派”的另一个人物徐志摩来对比，同样发现一种影响。从客观的角度来说，梁氏的用情专一和徐氏的用情不专，在生命的轨迹和成就上也造成不同的结果。不过，学者的感情和诗人的感情，别之于霄壤，这是另外一个话题了。

# 李叔同：不负如来不负卿

人生短暂数十载，大限总要来，
你我早晚分别，愿你能看破。

长亭外，古道边，芳草碧连天。
晚风拂柳笛声残，夕阳山外山。
天之涯，地之角，知交半零落。
一壶浊酒尽余欢，今宵别梦寒。

下午的日光薄而静，教室里一片空荡，学生们又去参加政治活动了。李叔同独自坐在钢琴边，弹起这首刚填好词的《送别》。歌词是长短句的形式，很精练，却意味深长，真挚的感情随着平缓起伏的音乐悠悠推远，仿佛风拂杨柳，哀而不伤。这首歌的曲调取自美国约翰·P.奥德威作曲的《梦见家和母亲》。李叔同留学日本时，日本词作家犬童球溪用这个曲子填了一首歌词，取名《旅愁》，而《送别》就是从《旅愁》中获得的灵感。《送别》没有教化意义，意蕴悠远地表达了人间最朴素的感情，有悠然的气氛渲染，也有深沉的感叹，音乐与文学完美地结合，被誉为二十世纪最优美的歌词。

这首歌词缘于一次离别。那年冬天，大雪纷飞，旧上海一片凄凉的景象，好友许幻园站在门外喊出李叔同和叶子小姐，说："叔同兄，我家破产了，咱们后会有期。"说完，连好友的家门都没进去便挥泪而别。李叔同看着好友离去的背影，在雪里站了一个小时，连叶子的呼唤都没有听见。李叔同是一个深情的人，他体味着离别，随后便含泪写下这首《送别》：长亭外，古道边，芳草碧连天……

这首歌词不仅饱含真情，更蕴含着禅意，正所谓"一音入耳来，万事离心去"。花开花落，生离死别，人生本无常，一切都在变化中，因缘际会，不是人可以掌控的。他体味着佛理，觉得世俗生活不能满足他了。

李叔同出身于富商之家，父亲李世珍是清同治时进士，曾任吏部主事，后辞官，承父业先后创办了"桐达"等几家钱铺，被人称为"桐达李家"。他的父亲是位乐善好施的人，他设立义塾，赈恤贫寒孤寡的人，施舍衣食棺木，晚年喜好佛经，颇爱谈禅，常有僧人来家中诵经和拜忏，这对李叔同也有一定的影响。

李叔同从六岁开始接受教育，读《孝经》《毛诗》《唐诗》《古文观止》《汉史精华录》等。他还攻各朝书法，十五岁已经小有名气，曾写诗"人生犹似西山日，富贵终如草上霜"，可见他的出世之心。

二十六岁时，他东渡日本留学，学习音乐，在东京编辑《音乐小杂志》，同年考入东京美术学校油画科，之后与同学曾延年等组织“春柳社”，这是中国第一个话剧团体。“春柳社”首演《茶花女》，李叔同饰演茶花女一角，感动了广大观众，看惯了中国戏曲的百姓掌声雷动，还有人擦着眼泪。一个督办甚至忍不住叫了一声“好”，副手过来提醒他“这戏有伤风化”，那个督办想了想才回过味儿来，说：“是啊！”

李叔同几乎是全才，写诗、作词、绘画、写作，还懂音乐、戏剧、篆刻等，涉猎教育、哲学、法学、汉字学、社会学、广告学等多个领域，且都有创造性的发展。他从国外引入五线谱，打破中国一直用工尺谱的传统；他是第一个在课堂上让学生用人体写生的人，引入人体画风。他培养出了画家丰子恺、音乐家刘质平等许多优秀人才。好友夏丏尊评价李叔同：“综师一生，为翩翩之佳公子，为激昂之志士，为多才之艺人，为严肃之教育者，为戒律精严之头陀，而以倾心西极，吉祥善逝。”

## 世间安得双全法，不负如来不负卿

才子总能得佳人青睐，且拥有艺术心灵的人情感也丰富，李叔同自然少不了红粉知己。

他的初恋是津门名伶杨翠喜。从相遇那天起，他每天晚上都去天津福仙楼戏园给她捧场，戏散后就提着灯笼陪她回家。博学的李叔同一路为她讲解戏曲背景、人物性格，还指点她的唱腔，并赠诗给她："燕支山上花如雪，燕支山下人如月；额发翠云铺，眉弯淡欲无。夕阳微雨后，叶底秋痕瘦；生怕小言愁，言愁不耐羞。晚风无力垂杨嫩，目光忘却游丝绿；酒醒月痕底，江南杜宇啼。痴魂销一捻，愿化穿花蝶；帘外隔花荫，朝朝香梦沾。"但是豪门家庭又怎么容得下一个戏子？如胶似漆的一对情侣被生生拆散，李叔同在母亲之命下娶了俞氏。俞氏温良贤淑，但与李叔同像是两个世界的人，同在一个屋檐下，心却隔山隔水。他的感情是压抑的，整日一副郁郁寡欢状。母亲临终时说："我从来没见你快乐过，现在你按着自己的想法，想做什么就去做什么吧。"

李叔同以为失去了杨翠喜今生再无挚爱，幸又遇到有才情、有灵性、有风情的李苹香。她善解人意、柔情似水，不幸沦落风尘却并不自怨自艾，仍旧生如夏花之绚烂。

两人初相见于她的居室"天韵阁"，他以"惜霜仙史"之名赠李苹香七绝三首：

沧海狂澜聒地流，新声怕听四弦秋。
如何十里章台路，只有花枝不解愁。

最高楼上月初斜，惨绿愁红掩映遮。
我欲当筵拼一哭，那堪重听《后庭花》。

残山剩水说南朝，黄浦东风夜卷潮。

《河满》一声惊掩面，可怜肠断玉人箫。

李苹香为他的才华惊叹，并用心作诗回赠。他们是文字上的知音，文字上的知音便是心灵上的知音，总是与爱最接近。

他在她这里找到了心灵的寄托，便常常来。这个时期他还在南洋公学读书，一下课便飞奔过来。而她正等着他。有一个人在那里等你，这一路程也显得欢欣。

他们见了面，满心欢喜，饮酒作诗，得意“忘言”，每每会意又相视一笑。

这样的日子像梦一样美丽而虚幻，不求天长地久，但求曾经拥有。他们只在乎当下这一刻，浓情蜜意，你侬我侬，或许彼此心里都清楚，这是没有结果的爱。那么，就今朝有酒今朝醉吧。

与有情人做快乐事，莫问是缘是劫。两人相处六年，李叔同因母亲去世，忽然觉得灵魂飘浮无根，不能再在梦里沉醉，遂决定东渡日本留学。而李苹香不怨不恼，静静地送行。正如电影《一代宗师》中所言：“风尘之中，必有性情中人。”这或许也是青楼才女的态度，看尽世间冷暖，一切随缘聚散，何必再执着。

临别，李叔同又赠诗，充满离愁别绪：

慢将别恨怨离居，一幅新愁和泪书。
梦醒扬州狂杜牧，风尘辜负女相如。

马缨一树个侬家，窗外珠帘映碧纱。
解道伤心有司马，不将幽怨诉琵琶。

伊谁情种说神仙，恨海茫茫本孽缘。
笑我风怀半消却，年来参透断肠禅。

闲愁检点付新诗，岁月惊心鬓已丝。
取次花丛懒回顾，休将薄幸怨微之。

有人流连花丛，至死方休，李叔同的本心并不在那里，这只是他人生路上的一个阶段。参透了断肠禅，他已“懒回顾”，到底是辜负了佳人，只教“怨微之”。

李苹香回赠李叔同的诗如今少见，多是感怀命运、自伤身世，她本是闺秀才女，被骗沦落风尘。

潮落江村客棹稀，红桃吹满钓鱼矶。

不知青帝心何忍，任尔飘零到处飞！

春归花落渺难寻，万树阴浓对月吟。
堪叹浮生如一梦，典衣沽酒卧深林！

凌波微步绿杨堤，浅碧沙明路欲迷。
吟遍美人芳草句，归来采取伴香闺。

从这几首诗里也可见出李苹香的诗才，身世浮沉雨打萍，浮生若梦，何妨一醉度一生。

## 换我心，为你心，始知相忆深

李叔同之后考进东京美术学校，学习西洋油画。“暮鸦啼彻，几株衰柳。”虽西风依旧，离人却已消瘦，黯黯愁绪比酒还要浓，相思化成刻骨双红豆。所幸，李叔同又在日本遇到了颇具其神韵的日本姑娘福基。福基是房东的女儿。“小桥独立了无语，瞥见林梢升曙曦”，李叔同蓦然瞥见她，刹那间就认定她是自己寻觅已久的绘画模特的最佳人选。

当他以福基为模特画人体画时，福基问他：“真理在我的身上吗？”他说：“真理在美中。”艺术是美的，感情是美的，人也是美的，他在美中发现真理，然而，这些都不够，他的心不能满足。所以，在绚丽至极的时候，他决定出家。

他在给福基的信中说：

对你来讲硬是要接受失去一个与你关系至深之人的痛苦与绝望，这样的心情我了解。但你是不平凡的，请吞下这苦酒，然后撑着去过日子吧，我想你的体内住着的不是一个庸俗、怯懦的灵魂。愿佛力加被，能助你度过这段难挨的日子。

做这样的决定，非我寡情薄义，为了那更永远、更艰难的佛道历程，我必须放下一切。我放下了你，也放下了在世间累积的声名与财富。这些都是过眼云烟，不值得留恋的。我们要建立的是未来光华的佛国，在西天无极乐土，我们再相逢吧。

为了不增加你的痛苦，我将不再回上海去了。我们那个家里的一切，全数由你支配，并作为纪念。人生短暂数十载，大限总是要来，如今不过是将它提前罢了，我们是早晚要分别的，愿你能看破。

我不是你，如何能像你一样看破？我替福基问一句。将我心换你心，才能知君相忆深。记得有一次在地铁上，与爱人谈起李叔同，我严肃地重复了两遍“信念最大”。说着眼泪便掉下来。爱人不懂，惊讶地望着我。其实我也是在说我的信念，那次去灵隐寺，以玩笑的口吻说："我看上这里了，哪天我想出家就来这里。"那句话有因缘，也会有结果。想到我若出家，留下你一个人该怎么办呢？

深爱李叔同的福基从日本追随他来到中国，听到这个消息后万分悲痛。李叔同说："我会把你们都安排好的。"妻子说："我只想要你在身边。"她知道他不同于常人，并没有号啕大哭，也没有质问，只是在身后悲戚地抱住他，绝望地挽留："叔同，你不是说过，我们的姻缘是前定的吗？"他说："是啊，我感到仿佛从我出生以来，一直在注视着你的面容，可是我的眼睛仍然是饥渴的，我感到我仿佛把你紧紧拥抱了几千年，可是我的心仍然不能满足。"

李叔同的学生丰子恺说："我以为人的生活，可以分作三层：一是物质生活，二是精神生活，三是灵魂生活。物质生活就是衣食，精神生活就是学术、文艺，灵魂生活就是宗教。'人生'就是这样的一个三层楼。弘一法师（李叔同）是一层一层走上去的。弘一法师的'人生欲'非常强！他做人一定要做得彻底。他早年对母尽孝，对妻子尽爱，安住在第一层楼中。中年专心研究学术，发挥多方面的天才，便是迁居二层楼了。强大的'人生欲'不能使他满足于二层楼，于是爬上三层楼去做和尚，修净土，研戒律，这是当然的事，毫不足怪的。"

李叔同出家不是一时兴起，而是他的"人生欲"推动着他往那个终点行走。他的一生就是“上下求索”的一生，他追求、经历，然后放弃，从认识到升华，最终大彻大悟。

聚散无常，没有永远，没有谁陪谁到永远，人都是孤独地生、孤独地死，相伴一程，各奔前路。每个人都有自己的路，对于亲人、对于爱人，我们只能默默地望着他们走，就像《大河恋》中无论父亲还是哥哥都留不住保罗的生命，即使陪伴终生，死亡也会将我们分离。就当是大限来临，李叔同这样劝慰妻子。可是，你终究是活着，终究是生离，生离比死别更让人痛心，因为死别是天意，而生离却是人为，是个人意志。李叔同决定了的事情自己也不能更改，他看着妻子的眼泪，于心不忍地低下头念着：“阿弥陀佛，阿弥陀佛。”他无可奈何，无可奈何。

在分离的小舟上，两人各执一边，妻子说：“叔同？”

李叔同说：“请叫我弘一。”

妻子说：“弘一法师，请告诉我什么叫‘爱’。”

李叔同说：“爱，就是慈悲。”

他终究舍弃小爱而求大爱去了。那年他三十八岁，在杭州虎跑寺出家，晨钟暮鼓，持戒清修，如闲云野鹤般超然物外。成为弘一法师的李叔同广纳各种经典，严持戒律。林子青说：“弘一大师的佛学思想体系，是以华严为镜，四分律为行，导归净土为果的。也就是说，他研究的是华严，修持弘扬的是律行，崇信的是净土法门。他对晋唐诸译的《华严经》都有精深的研究。

曾著有《华严集联三百》，可以窥见其用心之一斑。”

弘一法师每次坐藤椅前都会先摇一下，以免压死椅上的小虫，临终时又嘱咐弟子在龛脚垫上四碗水，以免蚂蚁爬上尸身不小心被烧死。他普度的众生不光是人，连这么微小的生命都会注意到，他有一颗悲天悯人的菩萨心。

## 咸也好，淡也好

铅华洗尽更从容，人世间的是是非非，红尘中的纷纷扰扰，全被弃置，只留一片清凉，“归真反璞，则终身不辱”。此时的李叔同已经不似先前只沉浸在国家危难、百姓受苦而束手无力的焦虑中，救国先要修心，他开始在各个寺庙奔走、学习，然后讲经，使众生远离颠倒，无畏恐怖。他的神情变得坦然，行为举止更加平静。有一次，他在沙滩上跟着印光法师走的时候，显露出孩童般的天真和脱略红尘的闲逸。

与印光法师同坐吃饭，印光法师吃完蒸饭，又倒了点水涮涮，把剩下的几个米粒喝下去，弘一学着他的样子也倒了点水，涮涮喝下去。印光法师温厚地笑着对他说：“要惜福呀！”惜福之人才有福，古语有言：“井涸而后知水之可贵，病而后知健康之可贵，兵燹而后知清平之可贵，失业而后知行业之可贵。凡一切幸福之事，均过去方知。”当下所拥有的一切都是一种福分，不知道什么时候这种福分就会因无常而失去，与其过后追忆思悔，不如珍惜现在，一念知足。知足者常乐，因为在他们看来，当下即是最好。弘一法师曾在夏丏尊家小住，只食一碗米饭，一碟素菜，一杯白开水。夏先生于心不忍地问："一碟白萝卜不咸吗？"他说："咸有咸的滋味。""不添茶叶的白水不淡吗？""淡有淡的味道。"一切皆好，青菜、萝卜、破席、旧毛巾，各有其滋味。夏先生说："在生活中咀嚼它的全部滋味，以欢愉的心观照出人生本来的面目，这种自在的心性，是何种空灵境界。"

弘一法师教导弟子要"习劳、惜福、念佛、诵经"。他说，人要得到尊重，首先要尊重别人（连张爱玲也说："不要认为我是个高傲的人，我从来不是的，至少，在弘一法师的寺院围墙外面转时，我是如此谦卑。"）可见尊重不是用高傲换来的，而是用尊重换来的；人要持戒，就得从生活中的一点一滴做起；要养成自己动手、热爱劳动的习惯；要对生活感恩，不要追求物质上的享受。太虚大师曾赠偈予弘一："以教印心，以律严身，内外清净，菩提之因。"

弘一法师一袭破衫、一双草鞋、一捆破席便云游四海。当老方丈替他铺被子时，发现不但席子破了，被子也烂成一片片的，既尴尬又心疼，说："你这是寺里最破的被子了，我一定要给你换一床新的不可。"方丈抱着被子怕他再抢过去，他却往木板床上一坐说："那我就睡这上面了。"

他怕自己变成个"应酬和尚"，每到一处先立三约：不为人师；不开欢迎会；不登报吹嘘。他的别号"二一老人"更能说明他是多么淡泊名利、简单纯朴、身无挂碍。这个别号来自两句诗："一事无成人渐老""一钱不值何消说"。

自从出家以后，弘一法师就摒弃了曾经嗜爱的油画、话剧、音乐等艺术，只有书法没有放下。他认为："夫耽乐书术，增长放逸，佛所深诫。然研习之者，能尽其美，以是书写佛典，流传于世，令诸生欢喜受持，非无益矣。"李叔同出家之前即以书法名世，其书劲健有力，舒展厚重，入了佛门后，更有另一重境界了。大概是佛心趋于平和、超脱，他的书法变得冲淡娴雅、温婉清拔，朴拙中见风骨，宁静中见韵致，恰如他自己所说："朽人之字所示者，平淡、恬静、冲逸之致也。"此时的李叔同如平民布衣混迹于山林之间，与自然合一，他将儒、释、道融为一体，化入书法之中，使人见字如闻佛法。

弘一法师的书法人人争爱，得之如获至宝。他写下大量作品，与人结缘，包括在俗的朋友、学生，还有许多文化名人。鲁迅曾在日记中详记自己得弘一书法的欣喜之状。

郁达夫曾专来拜访弘一法师，见了法师竟然要削发出家，追随法师的步履。但是弘一法师却说："你与佛无缘，还是做你愿做的事情去吧！"不知道他是从哪里看出来大作家尘缘未了，临别赠了几种著作，遂送出门去。

徐悲鸿也来拜访这位画家前辈。有一次，徐悲鸿看见山上一棵枯死多年的树木竟然长出了新芽，他惊讶地问道：“此树发芽，是因为您——一位高僧来到山中，感动得这枯树起死回生吗？”大师回答：“不是的。是我每天为它浇水，它才活过来。”

这就像个冷幽默，让人哑然一笑，然而言简意深：佛力在人间，在于人勤勤恳恳地植种啊！种什么因，得什么果，不要总是突发奇想，心存侥幸……

弘一法师有一篇遗偈是：“君子之交，其淡如水。执象而求，咫尺千里。问余何适？廓尔忘言。华枝春满，天心月圆。”庄子说：“君子之交淡若水，小人之交甘若醴。”水是纯净的，保持其天然本性，而甘甜却是掺杂了物质，可以是糖，也可以是利益。因利益而交往，就是执迷于色相，与真正的友情相距千里了。问我到哪里安身呢，忽然无言以对，如同陶渊明的“欲辨已忘言”，又如苏轼的“此心安处是吾乡”，浑然天成的情怀，自古亦然。只可意会，不可言传，就像天心的圆月，它已经在那里了，它原本就在那里。

弘一大师这篇遗偈隐隐地透露着禅的意味，慧而朴实。人生苦乐交替，至死方休，只有有慧根的人才能摆脱这种轮回，澄明透彻，达到一种至境。也许，这就是生命的回归。

弘一法师病重时，拒绝别人探望，也不进行医疗诊治。记得吕碧城学佛后，也曾让医生诊断，却不治疗，她只想知道大限何时到来，好做准备。皈依佛法的人，早已参透生死，了悟万物生生不息的自然规律。弘一法师对弟子妙莲法师说：“你在为我助念时，看到我眼里流泪，这不是留念人间，或挂念亲人，而是在回忆我一生的憾事。”这是真实的他。

大师一生是在自我追逐而不是自我放逐，即便是遁入空门也是主动走到了这个阶段，是一次精神升华。他为人做事一丝不苟，极其认真，这样的生活态度恰是尊重自己、尊重他人、尊重生命。青天白日，山高水长，不苟且，不玩世，他用自己的清明智慧影响、拯救不自觉地下沉的灵魂，把世人带出虚妄。

赵朴初先生评价弘一大师的一生：“无尽奇珍供世眼，一轮圆月耀天心。”一九四二年十月，弘一大师六十二岁圆寂于福建泉州不二祠温陵养老院晚晴室，写下“悲欣交集”为绝笔，永离这个熟悉的尘世是悲，涅槃往生则是欣。世间一切相，生于有情。相灭，则情亦灭。

# 沈从文：我对这个世界无话可说

行过许多地方的桥，看过许多次数的云，

喝过许多种类的酒，却只爱过一个正当年龄的人。

沈从文写道："一切爱不是极其愚蠢，就是极其下流，故她把这些爱看得一钱不值了。真没有一个稍稍可爱的男子。她厌倦了那些成为公式的男子，与成为公式的爱情。"张爱玲写道："他不过是一个自私的男子，她不过是一个自私的女人。在这兵荒马乱的时代，个人主义者是无处容身的，可是总有地方容得下一对平凡的夫妻。"爱的匮乏就是生命力的匮乏，沈从文与张爱玲恰是一体两面。只是沈从文是平视而悲悯，他为此忧伤，为此茫然；而张爱玲是冷眼旁观，波澜不惊。

很多年前，在南边漂泊，我只带着这两个人的集子。张爱玲的小说是随手抽出来读两段，句句惊艳，而沈从文的是要感受全篇的氛围。在读《如蕤》的时候，我仿佛听得到他轻轻的叹息。"民族衰老了，为本能推动而作成的野蛮事，也不会再发生了。都市中所流行的，只是为小小利益而出的造谣中伤，与为稍大利益而出的暗杀诱捕。恋爱则只是一群阉鸡似的男子，各处扮演着丑角喜剧。"沈从文借夏如蕤这个完美的、高贵的知性女子点明真正的爱情。"固执的热情，疯狂的爱，火焰燃烧了自己后还把另外一个也烧死，这爱情方是爱情！”这是如蕤所向往的爱情，也是沈从文所向往的爱情。但是在这个模式化的世界里，所有的人都已死掉，他为此焦虑，也为此忧戚。

都市里的人似被阉割了般，不如乡下人还保有自然的生命力。沈从文在这篇都市小说里只轻轻一点，并没有像劳伦斯《查泰莱夫人的情人》那样鸿篇巨制的自然生命力所带来的蛮暴的热情。

左拉在他的某篇小说上，曾提及一个贞静的女人，拒绝了所有向她献媚输诚的一群青年绅士，逃到一个小乡村后，却坦然尽一个粗卤的农夫，在冒昧中吻了她的嘴唇同手足。骄傲的妇人厌倦轻视了一切柔情，却能在强暴中得到快感。

“火焰燃烧了自己后还把另外一个也烧死”，如蕤终于遇上一个同她一样骄傲的男子，她“看他的骄傲，如何消失到温柔雅致体贴亲切的友谊应对里”，然后离去了。

## 眼里写了爱情，额上便刻了奴隶

有人说沈从文没有胡兰成聪明，他本可以凭着自己的清秀斯文和文坛名气，以教师之名，去接近骄傲的、对他看不上眼的张兆和，一边显示自己的渊博一边微笑着倾听，装出一副“懂得”来，张兆和也会像张爱玲一样“低到尘埃里去”。但是沈从文不是从情场历练过来的，他拥有一颗赤子之心，他自我沉浸，所享受的也是这种燃烧的过程吧。只是，他烧死了自己，却始终没能点燃张兆和。

沈从文是乡下人，没读过几年书，当过土匪，当过兵，做过书记员，二十岁只身到北京，怀揣着一个文学梦，如打不死的小强坚韧地扎根在这势利的京城。他将住处命名为“窄而霉小斋”。有一次，郁达夫去看他，在寒冷的冬天，他因没有棉衣、棉被正裹着毯子坐在小斋里写作，手都冻僵了，肚子更是饿得咕咕叫。郁达夫流着泪把自己的羊毛围脖摘下来围在沈从文的肩上，再请他去吃饭，付了饭钱，又把余下的钱都给了他。

后来经过郁达夫、徐志摩的推荐，沈从文终于在胡适当校长的大学里谋了个教书的职位。这个“乡下人”第一次上课的情景至今还被传为趣谈：

第一次登台上课，沈从文既兴奋又紧张，准备资料既充分又认真，足够他讲一个小时了。但是他抬眼望去，黑压压一片人头让他顿然慌了神，之前成竹在胸的讲义一扫而空，脑中一片空白，就这样呆呆地站了十分钟。

之后他又用十分钟讲完了本来要讲一个小时的课，再次陷入窘迫。最终，他拿起粉笔，在黑板上写道：“我第一次上课，见你们人多，怕了。”

学生们哄堂大笑……

而这堂课上恰有他的学生张兆和。

那么张兆和呢?

她出身于富商之家，曾祖父张树声历任两广总督和代理直隶总督，父亲张冀牖拥有良田万顷，还结交了蔡元培这样的教育界名流，投资教育事业，创办了乐益女中。张氏四姐妹更是个个争艳、知书达理。大小姐张元和嫁给昆曲小生顾传玠，后旅居美国；二小姐张允和，是著名语言文字学家周有光的夫人；四小姐张充和是美国耶鲁大学汉学家傅汉思教授的夫人。而三小姐就是张兆和了。四姐妹两黑两白，张兆和在学校里被人称为“黑牡丹”。

在学校里，聪明美丽的张兆和有很多追求者，那些追求者被编成“青蛙一号”“青蛙二号”“青蛙三号”……二姐张允和曾取笑说沈从文大约只能排为“癞蛤蟆第十三号”。

沈从文是从文的，追求女生自然拿出他的长项，就是写情书。他的情书文字优美，感情真挚，可是哪里打动得了张兆和这位女神?

我曾做过可笑的努力，极力去和别的人要好，等到别人崇拜我，愿意做我的奴隶时我才明白，我不是一个首领，用不着别的女人用奴隶的心来服侍我，但我却愿意做奴隶，献上自己的心，给我爱的人。我说我很顽固地爱你，这种话到现在还不能用别的话来代替，就因为这是我的奴性。

爱情把沈从文变成了奴隶，所谓情热的人大抵如此，他将一颗赤子之心全然奉上。不玩心机，毫无保留，甚至不知进退，难怪张充和为他写挽联“星斗其文，赤子其人”。

艺术家需要激情，而爱情是迸发激情最好的源泉。他的文字恰来源于他的热情，过于冷静、过于理智、全然站在边沿上不敢投入的人是不会成为诗人的，也写不出真正的文学作品来。表面上看是沈从文在投入，谁又知道他其实也在索取，从他的幻想对象中源源不断地摄取灵感。他的好多小说主人公的原型都是张兆和，比如翠翠，比如三三。

之后很多年，沈从文都称张兆和为“三三”。他说：“我这一辈子，走过许多地方的路，行过许多地方的桥，看过许多次数的云，喝过许多种类的酒，却只爱过一个正当年龄的人。”

在爱情中，沈从文成了诗人。

## 却只爱过一个正当年龄的人

我见到你笑了，还找不出你的泪来。当我从一面篱笆前过身，见到那些嫩紫色牵牛花上负着的露珠，便想：倘若是她有什么不快事缠上了心，泪珠不是正同这露珠一样美丽，在凉月下会起虹彩吗?

我是那么想着，最后便把那朵牵牛花上的露珠用舌舔干了。

怎么这人哪，不将我泪珠穿起?你必不会这样来怪我，我实在没有这种本领。我头发白的太多了，纵使我能，也找不到穿它的东西!

病渴的人，每日里身上疼痛，心中悲哀，你当真愿意不愿给渴了的人一点甘露喝?

这如像做好事的善人一样，可怜路人的渴涸，济以茶汤。

恩惠将附在这路人心上，做好事的人将蒙福至于永远。

我日里要做工，没有空闲。在夜里得了休息时，便沿着山涧去找你。我不怕虎狼，也不怕伸着两把钳子来吓我的蝎子，只想在月下见你一面。

他是被感情紧紧地扼住了。张兆和曾在日记中写道："他对莲说，如果得到使他失败的消息，他只有两条路可走，一条是刻苦自己，使自己向上，这是一条积极的路，但多半是不走这条的。另一条有两条分支，一是自杀，一是，他说，说得含含糊糊，'我不是说恐吓话……我总是的，总会出一口气的！'出什么气呢？要闹得我和他同归于尽吗？那简直是小孩子的气量了！我想了想，我不怕！"

有一次，他找张兆和的同室好友王华莲交谈，希望能获得其帮助。王华莲却并不同情他，可能是觉得沈从文简直是痴心妄想，便给他泼了一盆冷水：“成百上千的优秀男士在追求张兆和，她有时一连收到几十封求爱信，照例都不回信；如果都要回信，她就没时间念书了。她很烦别人老写信给她……”沈从文像个孩子一样痛哭，也于事无补。

后来他又找到“爱情大使”胡适，胡适在做媒方面一向自负，便欣然答应帮沈从文解决难题。恰好张兆和也投诉到胡适这里来。

老师沈从文一封封情书寄来，学生张兆和不堪其扰，终于告到校长胡适这里来了。她把信拿出来给胡适看，还特别指出其中一句有猥亵之感：“我不但想得到你的灵魂，还想得到你的身体。”胡校长认真地看了沈从文的信，接下来就做媒：“他说他非常顽固地爱你。”胡适的话让张兆和大吃一惊，随即回了一句：“我非常顽固地不爱他。”胡校长苦口婆心地讲起沈从文的好处来：“沈从文是个天才，是中国小说家里最有希望的……社会上有了这样的天才，人人应该帮助他，使他有发展的机会！”似乎他是天才，我就得爱他，似乎他是天才，我就有义务帮助他，这讲的是什么道理？张兆和觉得简直受了侮辱，冷硬地回击校长：“这样的人太多了，如果一一去应付，简直没有读书的机会了。”弄得胡适也无话可说了。

或许是因为碰了一鼻子灰，接下来胡适给沈从文的信中写得很尖锐："这个女子不能了解你，更不能了解你的爱，你错用情了……爱情不过是人生的一件事（说爱是人生唯一的事，乃是妄人之言），我们要经得起成功，更要经得起失败。你千万要挣扎，不要让一个小女子夸口说她曾碎了沈从文的心……此人太年轻，生活经验太少，故把一切对她表示过爱情的人都看作'他们'一类，故能拒人自喜。你也不过是'各个人'之一个而已。"

胡适眼中的大才在"小女子"那里成了倒霉的"各个人"之一，他很是不忿，把张兆和贬为"拒人自喜"的浅薄女子。但是沈从文哪里肯听校长大人的话，他仍旧青鸟传书，频频轰炸。

慢慢地，张兆和的心动摇了，"我虽不觉得他可爱，但这一片心肠总是可怜可敬的了"。

沈从文卖了一本书的版权，得了版税后立刻买了几本精装的俄文小说去苏州拜访张兆和，她却恰好去了图书馆。沈从文以为她是避而不见，十分沮丧地回到旅馆。张兆和回来后，姐妹中最有主见的张允和怂恿她叫沈从文来家里一趟，但张兆和不知找什么理由。张允和就教了她一句："我们家小弟弟多，很好玩，你来玩吧。"张兆和见了沈从文就真的只说了这一句话，两个人其实是没话说的。张兆和对沈从文是从同情开始的，所以他们的感情是不对等的，至死，二人都不能投契。她解不了他内心的孤寂。

沈从文写文章很聪明，在爱情上却如他文章中的角色，懵懂，只是迷迷茫茫存着一片向往之情。他寻找外在的女神，却不是灵魂的知己，注定是悲剧。

沈从文离开苏州时叮嘱一句："如爸爸同意，就早点让我知道，让我这乡下人喝杯甜酒吧。"张允和帮着沈从文向爸爸提亲，得到同意，她立即发电报，电报文只一个"允"字，既是同意，又是发电报人的名字，一语双关，可见张允和的聪慧和顽皮。而张兆和却怕这个乡下人看不懂姐姐的慧语，又偷偷地发了一封电报："乡下人喝杯甜酒吧！"她是怕他着急，她对他并非无动于衷，即使是同情，即使是对一个小兄弟的怜爱。

二人刚刚结婚，沈从文就要回湘西老家一趟。

他在老家给她写信："我原以为我是个受得了寂寞的人。现在方明白我们自从在一起后，我就变成一个不能同你离开的人了。三三，想起你，我就忍受不了目前的一切。我想打东西，骂粗话，让冷气吹冻自己全身。我明白我同你离开越远反而越相近。但不成，我得同你在一起，这心才能安静，事也才能做好！"

而张兆和也在蜜月的温情中亲昵地称他为二哥，还在信中担忧地说："长沙的风是不是也会这么不怜悯地吼，把我二哥的身子吹成一块冰？"

可是，现实问题接踵而来。

北平沦陷，南逃的沈从文多次写信让留在北平的张兆和南下，但张兆和以照顾孩子为由坚持留在北平，沈从文最终写信质问她："你到底是爱我给你写的信，还是爱我这个人？"

二人虽然最终团聚，但是因为出身、性格、趣味不同，摩擦也不断。沈从文为了收藏古董不惜花大价钱，还对朋友仗义疏财，张兆和却要为家计发愁，不由得气恼。

张兆和是务实的性子，安家过日子，尽妻子的本分，而沈从文诗人的心性却需要激情，需要浪漫，需要灵魂上的相知相惜。爱情是诗意的，而亲情终归流于平淡。

张兆和不能欣赏沈从文的才气，沈从文也不了解张兆和的本心。她不爱他，而他，爱的只是自己心中的一个幻影。

所以，他的心开始往婚外寻找安慰。

## 相爱莫如相知

诗人高青子出现在他的世界里。

高青子可以跟他谈论文学、谈论小说，又是他的粉丝——既满足了男人被崇拜的心理，又获得了相知的快感，沈从文能不欣悦？高青子是个极其聪慧的女子，有一次她特意穿了件绿地小黄花绸子夹衫，还在衣角袖口染了一点紫。沈从文见了不由飘飘然，如在梦中，因为这正是他如梦幻般的小说里的女主角的打扮。他看破了她的刻意，她也看出他看破了，虽然有些尴尬，但瞬间心领神会，两人越走越近。

他向妻子坦言，张兆和一气之下回了娘家。

他流着眼泪进了梁思成家，向好友林徽因倾诉，他认为爱自己的妻子与再对另一个爱慕自己的女子好并没有冲突，想“找个聪明的人帮忙整理一下他的苦恼或是‘横溢的情感’，设法把它安排妥帖一点”，林徽因让他慧剑斩情丝。他却并没有斩断这份情缘，而是和高青子先后到了昆明，以致引起了浮言。沈从文的小说《看虹录》写的大概就是这段情缘。

小说写得非常隐晦，有弗洛伊德的心理分析，有多处隐喻，但隐约见出他与高青子的动向。一个男作家深夜会情人，窗外冰雪清凉，窗内炉火温馨，此情此景，两个心意相通的人放纵了自己。

后来，高青子退出，嫁给一名工程师。

但是，半个多世纪以后，张兆和还对此耿耿于怀。虽然没有离婚，这一事件却加深了两人之间的裂痕。沈从文创作的小说《主妇》是写给妻子的忏悔书，但是两个人始终没有温暖相对。据二姐张允和回忆：“1969年，沈从文下放前夕，站在乱糟糟的房间里，他从鼓鼓囊囊的口袋中掏出一封皱巴巴的信，又像哭又像笑地对我说：‘这是她(张兆和，此时已下放湖北咸宁)给我的第一封信。’他把信举起来，面色十分羞涩而温柔……接着就哭起来，快七十岁的老头儿哭得像个小孩子一样又伤心又快乐。”

沈从文越来越寂寞。

新时代里的人越来越狂热，而沈从文还抱着他的理想主义不放，静静地独自审美，跟不上时代的步伐。大学生贴他的大字报，老朋友们把他孤立起来，甚至连他的家人，也不理解他。妻子张兆和很顺应时代，后来还当上了《人民文学》的编辑。两个人的分歧越来越大，因此更懒得沟通。沈从文不在家里住了，他每天到张兆和那里吃晚饭，然后带上第二天的早饭和中饭回到自己的住处。在那些寒冷又漫长的冬天，沈从文一个人吃着冷馒头、凉菜，埋头研究学术。

难道她真的是只爱他写的信？不管怎样，在那些灰暗的日子里，沈从文依旧给张兆和写信，或许只是为了倾诉。他那“酝酿在心中十分混乱的感情”需要一个出口，给她写信就成了出口，不管她看不看、懂不懂，他只要一吐为快。他写道：“小妈妈，你不用来信，我可有可无，凡事都这样，因为明白生命不过如此，一切和我都已游离。”多么令人心痛的字句，“我可有可无”，像一个游离的单细胞，在呜呜的寒风中碎散。在社会上、在家庭中，他都没了地位、没了凭借。他对张兆和是卑微的，不用回信，只是仍旧作为他的一个“接收者”，他就满足了。

他的儿子也说：“（当时）我们觉得他的苦闷没道理，整个社会都在欢天喜地迎接一个翻天覆地的变化，而且你生什么病不好，你得个神经病，神经病就是思想问题！”而思想问题是最严重的问题，在“文化大革命”中，是要被批斗、被隔离的。沈从文后来被下放到五七干校扫厕所去了。

“文革”结束后，谈起这段经历，沈从文像个无所适从的孩子一样哭起来。

直到沈从文去世，张兆和整理他的遗稿时，她才后悔莫及，她说：“太晚了！为什么在他有生之年，不能发掘他、理解他，从各方面去帮助他，反而有那么多的矛盾得不到解决！悔之晚矣。”人生大抵如此，免不了龃龉，免不了矛盾，如果重新来过，也不过如此。或许，真是，爱不如懂。

沈从文说：“一切过去的种种，它的结局皆在把我推到你的身边和心边，你的一切过去也皆把我拉近你的身边和心边。我还要说的话不想让烛光听到，我将吹熄了这支蜡烛，在暗中向空虚去说！”他这一生果然是向空虚去说了，她从未听懂他对她的絮絮情语。

## 他的寂寞无人懂

沈从文是一位天分极高的作家，野性而天然。他的精神底蕴是自由主义加浪漫主义，骨子里固执，不愿跟风，所以与“新时代的红色文学风”不符。他又是矛盾的，外表谦和，内里坚硬，自卑又自负。晚年与人讲起文学创作，他说：“至于文学方面我没有资格，事实上没有发言权。我的书呢，五三年就烧掉了，再加上这多少年的变化，我在文学方面是绝对没有发言权的，绝对没有发言权……大家都称我为作家的时候，我实际自己惭愧得很，我从来没有想当过作家，从来没感到过我是作家……我对文坛是完全隔膜的……”可是在早期，他给张兆和的信中又常常自夸：“我看了一下自己的文章，说句公平话，我实在是比某些时下的所谓的作家高一筹的。我的工作行将超越一切而上。我的作品会比这些人的作品更传得久、播得远。我没有办法拒绝。”“《月下小景》不坏，用字顶得体，发展也好，铺叙也好。尤其是对话。人那么聪明！二十多岁写的，同《龙朱》一样，全因为有你！”

或许是因为形势所迫，或许是骨子里有着对当下的蔑视，你们怎么读得懂我的小说？！你们读不懂，所以我不再写了。沈从文封笔，不仅仅出于形势所迫吧。

他只是觉得悲哀。

一向锐利的钱锺书对沈从文的评价可谓精准：“你不要看沈从文那么善良、温和，他不想做的事你用刀子架到脖子上他也不会做。”他与这个世界是不协调的，他与政治场里的一股股“风”更是不协调。

想当年，沈从文与郭沫若都是二十世纪中国文坛的重要人物。沈从文远离政治，拒绝进入任何团体，他说："我一生从不相信权力，只相信智慧。"而郭沫若则热衷政治，是"左翼"文人。两个人互相看不上。沈从文在《论郭沫若》中说："让我们把郭沫若的名字置在英雄上、诗人上、煽动者或任何名分上，加以尊敬和同情。在小说方面，他应该放弃他那地位，因为那不是他发展天才的处所。"他认为郭沫若写的小说一无是处。

沈从文的认真为自己招来了祸患。一九四八年，"左派"文人领袖郭沫若在香港刊物上发表《论反动文艺》，严厉地指责沈从文是"桃红色作家"，是反动文人，"存心不良，意在蛊惑读者，软化人们斗争情绪"。在特殊年代，这么大的帽子扣在沈从文的头上，他怎能翻身？！

沈从文在一个条幅上写下"封笔试纸"，从此，他与自己所热爱的文学绝缘了。这还没完，他任教的北大校园迅速贴出了"打倒沈从文"的标语。一九四九年一月，沈从文喃喃地说："我应当休息了，神经已发展到一个我能适应的最高点上。我不毁也会疯去。"沈从文曾两度自杀未遂，人虽活着，文学生命却从此枯竭了。后来张兆和在接受采访时说："当时他压力很大，受刺激，心里紧张，觉得没有大希望。他想用保险刀片自杀，割脖子上的血管……当时，我们觉得他落后，拖后腿，一家人乱糟糟的。现在想来不太理解他的痛苦心情……"

沈从文提出离开北大，他被安排到国立北京历史博物馆。靠近郭沫若的文物局长王冶秋以为他只是来避避风，没有对他做安排，馆里有些人还说他是“鸳鸯蝴蝶派”，处处排挤他。他连自己的办公室也没有，就在午门楼上待了十年。零下十摄氏度的冬天，又不许烤火，他在上面转来转去地学习《为人民服务》，以极大的耐心和持久的热情。可见，沈从文骨子里那股倔劲转换成了韧性，人生莫不如此，坚持！所以他说：“我呢，觉得十分自然平常。”

他在馆里鉴定、收藏文物，“一旦碰到具体的文物工作，沈从文就仿佛变了一个人。看见好东西，沈先生就想办法买回来。自己先垫钱，再交给馆里”。

他还在展览会上自愿当解说员，尽管内心凄苦，他还是非常热情地向观众讲解文物的历史等知识，有时候连小脚老太太来参观，也是他义务讲解。

他的学生汪曾祺曾感叹说：“从一个大学教授到当讲解员，沈先生不觉有什么‘丢份’。他那样子不但是自得其乐，简直是得其所哉。只是熟人看见他在讲解，心里总不免有些凄然。”

老友萧乾也曾感叹过这种凄然：“有一回我陪外宾去故宫参观，恰好是他在解说，拿一根讲解棍，非常认真。我看了很伤心，觉得这是一个青年人干的事，怎么让他干？我怕影响他，也怕伤害他，躲得远远的，没有上前跟他打招呼。”

一个天才作家在那样的时代如何煎熬度日？即使在之前，也是内心孤寂，他曾说：“我时常觉得异常寂寞。我需要几个朋友，那些老朋友却不同我谈话，我要的是个听我陈述一份酝酿在心中十分混乱的感情。”

他没有这样的朋友，之前是把张兆和当成一个出口，不停地写信；之后，他像个游魂一样在历史博物馆午门楼上的穿堂风里游荡。

我在这里每天上班下班，从早七时到下午六时共十一小时。从公务员而言，只是个越来越平庸的公务员，别的事通说不上。生活可怕的平板，不足念。

每天虽和一些人同在一起，其实许多就不相熟。自以为熟习我的，必然是极不理解我的。一听到大家的笑声，我似乎和梦里一样。生命浮在这类不相干的笑声中，越说越远。关门时，独自站在午门城上，看看暮色四合的北京城风景……

现实生活的笑声对他如此遥远，他已经不在其间了，现实世界只是他的梦，而他的生活又在哪里？日子变得漫长，风景也变得令人伤感。

据说年老后的沈从文常常一个人盯着电视发呆，一坐就是大半天，不言不语，与人无涉。

有一天，他突然冒出一句话：“我对这个世界没什么好说的！”

# 徐志摩：他所爱的只是一个梦

任凭秋风吹尽满园黄叶，任凭白蚁蛀烂千年画壁；

就使有一天霹雳震翻宇宙，也震不翻你我『爱墙』内的自由。

“像志摩诗一样……”印象中一直有这句话，却不知道是什么时候、在什么地方看到的，依稀记得是形容一种情绪。“志摩诗”成了一个形容词，成了一个标签，就像“张爱玲”一样——“夜色有点张爱玲”。无法精确地解释，却意味纷繁，只能默默品咂。

比如这首《再别康桥》：

寻梦，撑一支长篙，
向青草更青处漫溯；
满载一船星辉，
在星辉斑斓里放歌。

但我不能放歌，
悄悄是别离的笙箫；
夏虫也为我沉默，
沉默是今晚的康桥！

此时的徐志摩不再是几年前“心灵革命的怒潮，尽冲泻在你妩媚河身的两岸，此后清风明月夜，当照见我情热狂溢的旧痕……”的样子了。此前，他与陆小曼几经波折，终成正果。可是，在这清风明月夜，沉默的哀伤却漫上来。

那是一九二八年，因为情绪坏到了极点，徐志摩便去到国外散心，重游哥伦比亚大学和剑桥大学，拜访罗素、狄更生等过去的师友，仿佛回到了当年留学时的光景，整个人朝气蓬勃、蓄势待发。可是，他一想到之后要回到上海，继续面对抽鸦片的太太和灯红酒绿的庸俗生活，便不由心酸。

悄悄的我走了，
正如我悄悄的来；
我挥一挥衣袖，
不带走一片云彩。

他挥衣袖时是否伴着苦笑？什么都带不走、留不住的无奈，在他旷达的性情中一笑而过。

## 人生不过一场爱

徐志摩，浙江嘉兴海宁硖石人，生于一八九七年一月十五日。

他曾就读于北京大学、美国克拉克大学、伦敦大学政治经济学院、剑桥大学皇家学院，后回国与朋友胡适、陈西滢、林语堂等人创办新月社，参与主编《晨报副刊》《新月》等杂志报纸，还曾在北京大学、光华大学、南京中央大学等校任教授。但是，他最突出的身份还是诗人。

一九一五年十二月，徐志摩奉父母之命与张幼仪结婚。此事皆因张嘉璈在学校视察时看到一篇文章——《论小说与社会之关系》，感觉大有梁启超之风，一打听原来是海宁硖石商会会长徐申如之子，便开始牵线搭桥。而徐志摩的父亲徐申如一听是张嘉璈的妹妹，马上就答应了。可是，这场政治与商业的联姻却害苦了两个当事人。

徐志摩与张幼仪完婚后出国留学，从哥伦比亚辗转到伦敦。张幼仪的哥哥张君劢为妹妹考虑，“如果徐志摩继续留在国外读书，而幼仪留在硖石的话，他们两人的心就要愈分愈开了”，便主动向徐申如提出让张幼仪出国与志摩团聚。

徐志摩在马赛接到幼仪后，马上乘飞机回伦敦。飞机上的空间狭窄，空气流通也不好，两个人是面对面坐着，膝盖顶着膝盖的。但是幼仪从来没有坐过飞机，因为晕机吐了，徐志摩便嫌弃地把头撇到一边，说：“你真是个乡下土包子。”

刚说完没多久，没想到自己也吐了。幼仪不甘示弱，脱口而出：“你也是个乡下土包子。”

后来，二人从伦敦迁往沙士顿。徐志摩每天一吃完早饭便出门，说是每天早晨都要去理发。张幼仪不会看不出其中的蹊跷，她猜他是去会女朋友了，毕竟他们鸿雁传书，那么频繁。但信都是用英文写的，她看不懂。

徐志摩确实有了女朋友。在伦敦，他认识了生命中的女神——林徽因。

理发铺对面的杂货铺就是他们在伦敦和沙士顿之间邮件往来的地址。

可是，幼仪这时候却怀孕了。她犹豫了几天才将这个消息透露给志摩，他一听便急了："把孩子打掉。"

"我听说有人因为打胎死掉的。"

"还有人因为火车肇事死掉的呢，难道你看到人家不坐火车了吗？"

曾有人说，人因为爱着，看什么都是好的，其言也善，那是因为他的爱没有阻碍；一旦有什么阻碍了爱的脚步，他就会变得比任何时候都暴躁，甚至是凶残。徐志摩的冷酷恰恰是因为他的天真，他的心只局限于自己，无暇顾及其他人。

很快，他请一个在爱丁堡留学的中国女学生来家里吃饭。幼仪以为这就是他的女朋友，打量着这位女学生，寻思着接受志摩纳妾。等女学生走了，志摩问幼仪女学生怎样。幼仪说："这位明小姐很好，可是小脚和西服不搭调。"

这句话仿佛正巧触动了徐志摩，他尖声叫道：“我就知道，所以我才想离婚！”

幼仪便从后门跑出去，志摩追上她，“我以为你要自杀”。

之后，徐志摩便丢下张幼仪，忽然消失了。

怀孕的张幼仪只好向巴黎的二哥张君劢求救。没想到张君劢劈头盖脸一句：“张家失志摩之痛，如丧考妣。”他让幼仪去巴黎找徐志摩，并叮嘱她千万不能打胎，他愿意收养这个孩子。后来张幼仪在柏林的七弟那里生下了一个男孩，取名德生，意为在德国出生。

有一天，徐志摩终于回来了，是带着离婚协议书回来的，由金岳霖和吴经熊陪着，仿佛要为他撑腰的架势。志摩因为着急，说漏了嘴，“我没有时间等了，你一定要现在签字，林徽因——”幼仪此时应该是鄙视他的，她想到他的来信中说：“无爱之婚姻无可忍，自由之偿还自由，真生命必自奋斗自求得来……彼此有改良社会之心……造福人类之心，其先自做榜样，勇决智断……”什么造福人类，什么勇气、智断，不过是争着找他的女朋友去罢了。

张幼仪冷静地签了离婚协议书。

徐志摩乐坏了。

“谢谢，谢谢。太好了，中国一定要摆脱旧习气，我们非离婚不可。”他仿佛跟旧势力斗赢了，戏剧性地称谢，闹剧般地离去。而张幼仪……希望她不要太悲伤。

只是，这时林徽因已经随父亲林长民回国了。

徐志摩想也不想立刻决定回国，扔下了他在剑桥皇家学院在读的博士学位。“心灵革命的怒潮，尽冲泻在你妩媚河身的两岸……再捡起诗针诗线，绣我理想生命的鲜花，实现年来梦境缠绵的销魂踪迹……”

## 你是人间四月天

那么林徽因对徐志摩是怎样的呢？

在一封林长民给徐志摩的信上有一段“徽音附候”：

“足下用情之烈令人感悚，徽亦惶恐不知何以为答，并无丝毫 mockery（嘲笑），想足下误解了。”林徽因初是“惶恐”，后来渐渐通起信来，在寂寞的少女时代，她何必拒绝一个喜爱自己、自己也喜爱的优秀男子呢？然而，终究还是没到爱的程度，所以回国后，林徽因便听长辈的安排与梁思成订了婚。

林徽因不是那种懵懂无知的少女，以她的理智和见识难道没有考量过徐志摩和梁思成哪个更适合自己吗？她的选择让我想到“达洛卫夫人”，她没有嫁给冲动、浪荡、不合时宜的彼得，而是选择了平庸、务实、似正人君子的参议员达洛卫。

很多年后，她“依然认为没嫁给彼得是对的——确实很对。

因为一旦结了婚，在同一个屋子里朝夕相处，夫妻之间必须有点儿自由，有一点儿自主权。理查德给了她，她也满足了理查德。如果跟彼得一起，非得把每件事都摊开来，那令人难以容忍……她深信两个人都会毁掉，双方全得完蛋”。或许不仅仅是空间的问题，嫁给徐志摩是一种冒险，而林徽因想要一种四平八稳的生活，所以她选择了四平八稳的梁思成。

或许，很多年后，她也会像达洛卫夫人一样为自己的选择安心，她安于“永远纪念着”。一九二七年她给胡适的信中说：

请你告诉志摩我这三年来寂寞受够了，失望也遇多了，现在倒能在寂寞和失望中得着自慰和满足。告诉他我绝对的不怪他，只有盼他原谅我从前的种种的不了解。但是路远隔膜误会是所不免的，他也该原谅我。我昨天把他的旧信一一翻阅了。旧的志摩我现在真真透澈地明白了，但是过去，现在不必重提了我只求永远纪念着。

## 秘密的出口叫作时光

一九二五年徐志摩去欧洲，临行前把一个藏有日记的箱子交给好友凌叔华保管。凌叔华取笑他有两个“红颜知已”，怎么还把东西放她这里。志摩说：“里面有些是小曼不能看的，有些是徽因不能看的，所以放在你这里最好。”说他狡猾好呢，还是贴心好呢？

一九二八年，志摩再次去欧洲，仍旧于临行前把一些日记和文稿交给凌叔华保管，他当时开玩笑说：“你得给我写一传，若是不能回来的话，这箱里倒有你所需的证件（日记、文稿等）。”凌叔华一听就骂他说话不吉利，可见志摩当时已有些心灰，“过去的日子只当得一堆灰，烧透的灰，字迹都不见一个”。他这次去欧洲又是避风头，因为陆小曼与翁瑞午的绯闻事件。

这箱子就是徐志摩的“八宝箱”，里面装着没有给第二个人读过的日记和一些散文稿件，是志摩最隐秘的感情所在。凌叔华曾写信给胡适说：“志摩于一九二五年去欧时，曾把他的‘八宝箱’交我看着，欧洲归，与小曼结婚，还不要拿回，因为箱里有东西不宜小曼看的，我只好留下来，直到去上海住，仍未拿去。”

志摩一死，讨要日记的人便都来了。

先是林徽因，托胡适向凌叔华讨要，“大半年前徐志摩和我谈到他们英国的一段往事，说到他的‘康桥日记’仍在，回硖石时可找出来给我看”。但是，凌叔华谨记徐志摩的话，不能把“八宝箱”里的东西给林徽因和陆小曼看。结果胡适又来催，凌叔华想，那是志摩活着时的交代，现在他死了，遗物理应交给陆小曼吧。可是，胡适拿到后却给了林徽因，而且箱中包括小曼的两本日记。后来陆小曼催促，只得到了自己的那两本日记。陆小曼曾调侃着说："其他日记倒还有几本，可惜不在我处，别人不肯拿出来，我也没有办法，不然倒可以比这几本精彩得多。"

这个"别人"就是指林徽因了。

林徽因拿到箱子，里边有徐志摩的三本英文日记、陆小曼的两本日记，其中一本就是她要找的"康桥日记"。但是她一看就生气了，因为日记的前半部分没有了，很显然是凌叔华做了手脚。

所以，当凌叔华想编《志摩信札》时，向林徽因讨要志摩写给林的信，林徽因说信大多都在天津，一时拿不出来。凌叔华也很不高兴。之后，林徽因又到凌叔华家讨要那半本缺失的日记，凌叔华却不在家，只留了一封信，大意是因三四年中四方奔走，家中书物堆积如山，需要得闲仔细翻找，这两天人事烦扰，等到周末再翻寻吧。

林徽因看了这封信，"气得通宵没睡着"。她和胡适是同种人，更在乎自己的羽毛。所以她又去找胡适告状，胡适又向凌叔华施加压力。无奈，凌叔华交出了"康桥日记"前半本。林徽因看到日记的关键的地方，也就是在徐志摩快要遇到她的前一两天，此时文字又没了，她连写几封信给胡适，步步紧逼："现在无论日记是谁裁去的，当中一段缺了是事实，她没有坦白地说明，对那几句瞎话没有相当的解释以前，她永有嫌疑的（志摩自己不会撕的，小曼尚在可问）。”

凌叔华被他们弄得疲惫不堪，她便写信给胡适：

适之：

外本璧还，包纸及绳仍旧样，望查收。此事以后希望能如一朵乌云飞过清溪，彼此不留影子才好。否则怎样对得住那个爱和谐的长眠人！

……算了，只当我今年流年不利吧。我永远未想到北京的风是这样的刺脸，土是这样迷眼。你不留神，就许害一场病。

使她感到刺脸的自然是林徽因，她对林徽因极为不满，对胡适也有不满。

收到“康桥日记”前半本，胡适一查，确实少四页，他也生气了，勉强忍耐着，写信讨要这些脱页，并在日记里指责：“这位小姐到今天还不认错。”

此事来来回回折腾，伤了大家感情，却没有完满的结局。后来凌叔华讲述事情的经过，并说：“我说我应该交给小曼，但胡适说不必。他们人多势众，我没法拒绝，只好原封交与胡适。可惜里面不少稿子及日记，世人没见过面的，都埋没或遗失了。”陆小曼要为徐志摩编全集，而林徽因却把关于自己的那部分日记藏了起来，她与徐志摩的关系就那么不可见人吗？

有一次林徽因和梁思成去南方考察，路过志摩老家硖石时，她下了车，在夜色中凝望幽暗，“……如果那时候我的眼泪曾不自主地溢出睫外，我知道你定会原谅我的”。

她做错了什么？

因为没有回应他的爱吗？

或因为有一次无意中使他感觉遭受了戏耍？

那时候，林徽因随未婚夫梁思成去了美国，有一天徐志摩接到她的电报：“我在国外一个人生活很苦闷，希望你能给我写写信，对我也是一种安慰、一种温暖。”志摩大喜，随即写了一封情意绵绵的长信，哪知电报局的人笑着说：“先生，我今天已经收到四份发给这位黛徽丝的电稿了，你是第五个。”志摩不相信，电报员便拿出另外四份。志摩一看，都是留美的四个老同学，他非常生气，当即去找张歆海。张歆海一看徐志摩收到的林徽因的电报和自己的那份一模一样。他们又找到了另外三位朋友，一核实，全都一样，就有被戏耍的感觉，一起给林徽因去电，把林骂了一顿。从此，徐志摩对林徽因心灰意冷。

以林徽因的成熟和理智，料想不会做出如此幼稚的事，也许只是国外生活的寂寞，想起了老朋友，就一一联系，却被爱慕者以为旧情复燃，因空欢喜一场而恼羞成怒。

这还是在徐志摩娶了陆小曼之后，此举又让太太陆小曼情何以堪？

陆小曼日记中有过这样一段记载：

那天同叔华谈天，我们说的是他（张歆海），我因为气极了就告诉了她打电报的事情，叔华答应我不讲给旁人听的，哪知道她同通伯说了。通伯不知同谁说了，他们就问歆海，他就气得要命，来找着我啦。我后来讲给他听，我说："她那要拿你们玩儿你们还想瞒人么，这在你们脸上虽没有多大羞，说说出来亦好让人知道她是怎么样的人，到这时候还要这样的办么？"歆海说他倒不痴，他可怜你（徐志摩）太痴，他接信的时候他早就知道别人亦有的。所以他在电报局里知道你亦打了他并不惊奇，是在他意料中的。他知道你一定以为是你一个人有的，所以他才告诉你，他是希望你不要再迷下去。

可见这件事情并非空穴来风。小曼经常拿这事取笑志摩，虽说是取笑，自己心里也有痛苦，自己的男人却任凭别的女人戏耍，那他的心到底在哪里呢？

## 金风玉露一相逢，胜却人间无数

陆小曼与徐志摩相遇，正是在徐志摩失去林徽因，心处于悬空状态的时候，而小曼当时也是个失意人。因为她已奉了父母之命、媒妁之言同王庚结了婚，而王庚不解风情，“婚后一年多才稍懂人事，明白两性的结合不是可以随便听凭别人安排的，在性情与思想上不能相谋而勉强结合是人世间最痛苦的一件事。当时因为家庭间不能得着安慰，我就改变了常态，埋没了自己的意志，葬身在热闹生活中去忘记我内心的痛苦。又因为我娇蛮的天性不允许我吐露真情，于是直着脖子在人面前唱戏似的唱着，绝对不肯让一个人知道我是一个失意者，是一个不快乐的人……”

两个至情至性、热情似火的人，正如金风玉露一相逢，怎能不迸发出爱的火花？他们的爱情像森林里燃起的篝火一样噼噼啪啪。而忠厚又忙碌的王庚也来“锦上添花”，“让志摩陪你去玩吧”，志摩便陪小曼去看戏、喝茶、跳舞，真是乐而忘返。

尤其是有一次，他们一起演戏《春香闹学》，志摩演老学究，小曼演丫鬟春香。“你鬈发擦着我的脸”这是“初度尖锐的观感”，志摩再次诗兴大发，写下《春的投生》：“你不觉得我的手臂，更迫切地要求你的腰身……”虽心生爱慕，却不能明目张胆地约会。因为小曼始终是有夫之妇，需要找借口才能出门。

“松树七号”即黄子美与徐申如共同出资创建的新月俱乐部，是新月社成员聚会的地方。徐志摩和胡适是新月社的负责人，王庚也是新月社成员，所以，新月社的人也熟悉陆小曼。这里便成了两个人约会的地点。都是爱好文艺的人，小曼仰慕志摩的才华，志摩欣赏小曼的灵性，两个人有说不完的话题。新月社的朋友们也都支持他们的爱情。有一次，小曼的母亲不让她出门，胡适就出面约她到“松树七号”，陆母是信得过胡适的，谁知，他却会牵这样的线，为小曼与志摩搭桥。小曼与志摩见了面，你望着我，我望着你，情到深处，全然忘了别人在旁，胡适赶紧识趣地离开了。

陆小曼在《爱眉小札》序中说：

这样的生活一直到无意间认识了志摩，叫他那双放射神辉的眼睛照彻了我内心的肺腑，认明了我的隐痛，更用真挚的感情劝我不要再在骗人欺己中偷活，不要自己毁灭前程，他那种倾心相向的真情，才使我的生活转换了方向，而同时也就跌入了恋爱了。于是烦恼与痛苦，也跟着一起来。

徐志摩如春风，吹皱了小曼这池无波春水。她第一次体会到了精神之爱。而他，为总是又要分别的哀愁写下了《翡冷翠的一夜》：

你摸摸我的心，它这下跳得多快；

再摸我的脸，烧得多焦，亏这夜黑看不见；

爱，我气都喘不过来了，别亲我了；

我受不住这烈火似的活，

…………

恋爱与失恋都能成就诗人。小曼成了志摩诗情的源泉。他在《爱眉小札》里写道：“我的诗魂的资养全得靠你，你得抱着我的诗魂像母亲抱着孩子似的，他冷了你得给他穿，他饿了你得喂他食——有你的爱他就不愁饿不怕冻，有你的爱他就有命！”两人恋爱期间，志摩写了很多脍炙人口的诗，如《起造一座墙》《雪花的快乐》《春的投生》……

但是，他们的爱情可不是一帆风顺的。徐志摩是名人，陆小曼是名媛，两个人都是场面上的人，谁不认识？有嫉妒者，也有迂腐者，开始对二人大加挞伐，他们的恋情在北京引起了巨大风波。朋友刘海粟曾回忆：“陆小曼离开王庚改嫁徐志摩后，当年在北京把她捧为天人，以一睹芳颜为快的名人雅士，立即变成武士和猛士，对小曼大加挞伐。好像当年卓文君不嫁给别人而嫁给司马相如，这些‘别人’就大骂文君‘私奔’和‘淫奔’，诋毁她当垆卖酒等于卖笑和卖身。”

连老师梁启超也批评徐志摩，不该把个人的幸福建立在别人的痛苦之上，更对陆小曼加以指责。幸好徐、陆两人一起面对外界的压力，这倒将他们拉得更近了。

这件事闹得满城风雨，徐志摩便打算出国避避风头。一行人去送行，两个恋人只得无语凝噎，毕竟，小曼身旁站着她的丈夫。回来的路上，小曼终于忍不住哭起来。丈夫王庚粗暴地说："你的眼睛为什么这么红，哭什么？"

一回到家，陆小曼就生起病来，恹恹地躺在床上，再懒得应付外面那些人。

母亲的责骂、丈夫的冷眼，她心中的苦闷皆不可言说。而此时的徐志摩也对她爱极生怨，来信说："我只怪嫌你太孩子气，看事情有时不认清亲疏的区别，又太顾虑，缺乏勇气。须知真爱不是罪，在必要时我们得以身殉，与烈士们爱国，宗教家殉道，同是一个意思。你心上还有芥蒂时，还觉得'怕'时，那你的思想就没有完全叫爱染色，你的情没有到晶莹剔透的境界，那就比一块光泽不纯的宝石，价值不能怎样高的。"

徐志摩自己离婚谈到主义、价值，催着"所爱"离婚，说的还是价值、理想。爱就爱了，还扣这些高帽子，他真真是让人又疼又笑，以为哄小孩子呢？可他本身就是小孩子心性。徐志摩是理想主义者，爱情于他是第一位的。他的爱情非得是晶莹剔透的宝石般，容不得一点儿不纯粹。梁启超知道这一点，曾经规劝他，说他所追求的是"梦想的神圣世界"，"天下岂有圆满之宇宙？"志摩回答："我之甘冒世之不韪，竭全力以斗者，非特求免凶惨之苦痛，实求良心之安顿，求人格之确立，求灵魂之救度耳。”

相思的煎熬让时间变慢，志摩数着时间度日：

一点五十五分——天呀！

二点五分——我的灵魂里的血一滴滴的在那里掉……

二点十八分——疯了！

二点五十分——静极了。

三点二十五分——火都没了！

三点四十分——心茫然了！

一个接一个的感叹号，可见他的感情是多么浓烈。诗人的热情是可以把对方烧着的，然而，他真的爱小曼本人吗？也许他爱的只是自己的爱情，自己的想象。后来陆小曼说：“照理讲，婚后生活应该过得比过去甜蜜而幸福，实则不然，结婚成了爱情的坟墓。”志摩是浪漫主义诗人，他所憧憬的爱，是虚无缥缈的爱，俩人最好永远处于可望而不可即的境地，一旦与心爱的女子结了婚，幻想泯灭了，热情没有了，生活便变成了白开水，淡而无味。

林徽因也说：“徐志摩爱的不是我，而是他的诗人情怀所幻化出来的林徽因。”

然而即使是幻化，那也得有个底子，也是那样汹涌，无法抵挡啊。

我要你的爱有纯钢似的强，
在这流动的生里起造一座墙；
任凭秋风吹尽满园的黄叶，
任凭白蚁蛀烂千年的画壁；
就使有一天霹雳震翻了宇宙，
也震不翻你我“爱墙”内的自由！

再怎样纯钢似的强，徐志摩还是被陆小曼的母亲吴曼华给骂出来了。

谈到志摩与小曼的婚姻，两方家长都是反对的。徐志摩只好求他的老友胡适出面说服吴曼华与徐申如。这样的爱情不会没有结果的，难道非得像罗密欧与朱丽叶那样双双被逼死？

一九二六年十月，徐志摩与陆小曼在北海公园举行婚礼。证婚人是梁启超，伴婚人是金岳霖，还有赵元任、陈寅恪、梁实秋等人专程从清华大学赶来。徐志摩的父母没有来，徐申如来电说：“余因尔母病不能来，幼仪事大旨已定，你婚事如何办理，尔自主之，要款可汇。”这对陆小曼来说是个不小的打击，她没有林徽因的娴静，无法让长辈觉得放心，也没有张幼仪的得体，让长辈觉得踏实。她太张扬，她的个性对保守的老辈人来说，像可怕的狮子口。

徐志摩的老师梁启超就是这种看法，他对陆小曼深恶痛绝，其证婚词举座皆惊：

徐志摩，你是一个有相当天才的人，父兄师友，对于你有无穷的期许。我要问你，两性情爱以外，还有你应该做的事情没有，从前因为你生命不得安定，父兄师友们对于你，虽一面很忧虑，却一面常常推情原谅……我们从今日起，都要张开眼睛，看你重新把坚强意志树立起来，堂堂的做个人哩。

陆小曼，你既已和志摩做伴侣，如何的积极地鼓舞他，做他应做的事业。我们对于你，有重大的期待和责备，以后可不能再分他的心，阻碍他的工作……

志摩听不下去了，悄声说："给我们点面子吧。"而此时小曼已泪水盈盈。当面还算客气的，在梁启超给儿子梁思成与儿媳妇林徽因的信中更见出他对徐、陆婚姻的反对："不过这次看着他陷于灭顶，还想救他出来，或者竟弄到自杀。我又看着他找得这样一个人做伴侣，怕他将来痛苦无限，所以对于那个人当头一棍，盼望她能有觉悟，免得将来把志摩弄死……"

梁老夫子用词之狠，但又似乎一语成谶，志摩为了维持小曼奢侈的生活，消磨着诗人的灵气。他为了生活来回奔波，到处代课、兼职，再没有闲情写写诗、读读书，他在信中说："你如能真心帮助我，应得替我想法子，我反正如果有余钱，也绝不自存。我靠薪水度日，当然梦想不到积钱，唯一希冀即是少债。”“我在狠命写《醒世姻缘》序，但笔是秃定了，怎样好？诗倒是作了几首，北大招考，尚得帮忙。”徐志摩感觉到了自己的沉沦，他曾苦苦挣扎。

## 幸有你来，不悔初见

他们开始是有一段幸福的时光，但之后全是痛苦。

陆小曼是一个意志脆弱的女子，太容易被环境左右，上海这个繁华的大都市很快就将她淹没了。混迹十里洋场，出入豪华的舞厅、奢侈的剧场，租住四明村洋房，养着一大群仆人，购买时髦的衣饰，结交名人、名伶，很快进入社交界，养尊处优惯了的陆小曼渐渐爱上了夜生活。美貌、才情加上又是著名诗人的太太，陆小曼成了上海的中心人物。

包剧院、夜总会，光顾著名的一百八十一号赌场，去“大西洋”“一品香”吃大菜……私人轿车载着陆小曼永无休止地穿梭在这些地方。

小曼嗜吃。志摩说她：“你一天到晚就是吃，从起身到上床到合眼，就是吃。也许你想杧果或是想外国白果倒要比想老爷更亲热更急。”说归说，志摩还是紧着她吃，他托朋友王济远从日本带大樱桃给小曼，托义茂带上好的石榴，“乖，你候着吧，今年总叫你吃着就是。”他宠她到如此程度，也是多少女孩儿艳羡的吧。

可是后来她却染上了烟瘾。陆小曼体弱多病，不是这儿疼就是那儿痒，且为了离婚打过胎，身体更是落下了病根。此时恰巧有个戏友江小鹣为她介绍了自己的表弟翁瑞午，给小曼按摩。按摩确实舒服了，可是，翁在的时候可以按摩，不在的时候怎么办？所以翁又给她出了个主意——抽鸦片。名门子弟、玩家出身的翁瑞午什么没有尝试过？他陪小曼抽上几筒鸦片，果然奏效，小曼浑身舒服，索性抽上了瘾。这对徐志摩来说不仅是增加了一大笔开销，还毁了他们的生活。

志摩曾就此说：“前三年你初沾上恶习的时候，我心里不知有几百个早晚，像有蟹在横爬，不提多难受。但因你身体太坏，竟连话都不能说，我又好面子，要做西式绅士的，所以至多只是短时间绷张一个脸，一切都忧在心里……招惹了不少浮言，我亦未尝不私自难受，但实因爱你太深，不惜处处顺着你……”

小曼的烟瘾已经让志摩蟹在心上爬，又招惹了浮言。浮言是指翁瑞午与小曼的关系被人指戳了。比如有一份《福尔摩斯》小报刊出了一篇文章《伍大姐按摩得腻友》：

**诗哲余心麻，和交际明星伍大姐的结合，人家都说他们一**

对新人物，两件旧家生……后来有人介绍一位按摩家，叫作洪祥甲的，替她按摩。祥甲吩咐大姐躺在沙发里，大姐只穿一身蝉翼轻纱的衫裤，乳峰高耸，小腹微隆，姿态十分动人，祥甲揎袖捋臂，徐徐地替大姐按摩，一摩而血脉和，再摩而精神爽，三摩则百节百骨奇痒难搔。那时大姐觉得从未有这般舒适，不禁星眼微饧，妙姿渐热，祥甲哪里肯舍，推心置腹，渐渐及于至善之地，放出平生绝技来，在那浅草公园之旁，轻摇、侧拍、缓拿、徐捶，直使大姐一缕芳魂，悠悠出舍……一时沪上举行海狗大会串，大姐登台献技，配角便是她名义上丈夫余心麻，和两位腻友：汪大鹏、洪祥甲。大姐在戏台上装出娇怯的姿态来，发出凄惋的声调来，直使两位腻友心摇神荡，唯独余心麻无动于衷。原来心麻的一颗心，早已麻木不仁了。

海狗会上这场戏就是徐、陆、江、翁刚刚演过的《玉堂春》，而余心麻就是徐志摩了，这样的讥刺也够露骨。

徐、陆、翁、江就此还与此报社打过官司，软弱又爱面子的志摩怎么受得了，但也无可奈何，只好忍之。本文开始提到的他再次避到欧洲去，就是因为这件事，即在这种心绪下写下《再别康桥》。

小曼的应酬在喜欢自然和创作的志摩看来，像“成天遭强盗抢”般，他每每劝小曼，希望她从此振作，做出个样儿来也给人瞧瞧。他希望她寻回之前的灵性，脱离物质的束缚，送给她一本他所崇敬的女作家曼殊斐儿的日记，上面写着“一本纯粹性灵所产生，亦是为纯粹性灵而产生的书”。性灵女子才是他所爱的，可是小曼越来越娇慵、懒惰，醉生梦死。

有人劝徐志摩离婚，但是志摩坚决不同意，他力图“拯救”小曼。可见志摩不但多情，也还是个深情的人。他为自己的选择负责。

他鼓励她、督促她，指导她为自己写写序，高价为她请绘画老师……志摩随身带着小曼的山水画长卷，到处给人看，找名人题字，有人夸，他心里就欢喜。

她知道他是对自己好的，但是，她力不从心，达不到他的期望，眼巴巴地等着他一声令下可以出去玩了，久而久之，她厌烦了，嫌志摩管这管那，没有自由了。

一九三一年二月，为了生计，志摩去北平教书。“安乐是害人的……我的笔尖再没有光芒，我的心上再没有新鲜的跳动，那我就完了……要知道堕落也得有天才，许多人连堕落都不够资格。我自信我够，所以更危险。因此我力自振拔，这回出来清一清头脑，补足了我的教育再说……”徐志摩是清醒的，他不想沉沦下去了，希望小曼也一起来北平，支持他。可是小曼并不想离开上海。

小曼对志摩也不再怎么上心，她不帮他收拾行李，也不送他动身。她不送他，是因为他要去北平，而北平住着林徽因。

小曼虽然忠厚，却不等于傻，志摩一再辩白，也只是欲盖弥彰：

此次相见与上次迥不相同，半亦因外有浮言，格外谨慎，相见不过三次，绝无愉快可言。如今徽因偕母挈子，远在香山，音信隔绝，至多等天好时与老金、奚若等去看她一次。我不会伺候病，无此能干，亦无此心思：你是知道的，何必再来说笑我。

他频繁去看她，都有浮言了。

到底旧情难忘。小曼越来越冷淡，信也不怎么回了。

徐志摩说：“我如此忙，尚且平均至少两天一信，你在家能有多少要公……连个恶心字也不来……”他埋怨小曼没有照管好“自家老爷”，他的衣服没有装在箱子里，小曼淡淡地回了一封：

我是自幼不会理家的，家里也一向没有干净过，可是倒也不见得怎样住不惯。像我这样的太太要能同胡太太那样料理老爷恐怕有些难吧，天下实在很难有完美的事呢。

玉器少带两件也好，你看着办吧。既无钱回家何必拼命呢，飞机还是不坐为好。北京人多朋友多玩处多，当然爱住，上海房子小又乱地方又下流，人又不可取，还有何可留恋呢！来去请便吧，浊地本留不得雅士，夫复何言！

满篇讽刺挖苦，却也隐藏不住对志摩的关切，“飞机还是不坐为好”，“不坐”二字下面画了四个着重号。

有一天，志摩信中说：

我一人在此，亦未尝不无聊，只是无从诉说。人家都是团圆了。叔华已得了通伯，徽因亦有了思成，别的人更不必说常年常日不分离的。就是你我，一南一北。

他心里是明白的，再爱恋也是人家的，唯小曼是自己的，她才是他的家人。尽管多有不满，她还是爱他的。人心，总是会对自己爱的人软下来的，她终于决定北上，可是，这封信永远寄不到志摩手中了。

一九三一年上半年，志摩就上海、北平两地来回奔波了八次，为了省钱，他坐免费飞机。

我真恨不得今天此时已到你的怀抱——说起咱们久别见面，也该有相当表示，人老是那坐着躺着不起身，我枉然每回想张开胳膊来抱你亲你，一进家门，总是扫兴。我这次回来，咱们来个洋腔，抱抱亲亲如何？这本是人情，你别老是说那湘眉一种人才做得去……况且你又何尝是没有表情的人？你不记得我们的“翡冷翠的一夜”在松树七号墙角里亲别的时候？我就不懂何以做了夫妻，形迹反而得往疏里去！

浪漫的诗人一进家门，没有得到他想要的拥抱，而是大发脾气的太太，把烟枪掷向他，徐志摩的金丝眼镜镜片掉在地上，镜片碎了。他一怒之下，离家出走了。

他先去张歆海、韩湘眉家聊天到深夜十二点，又去了何竞武家。本来打算乘张学良的福特式飞机回北平，因为飞机改班，只得搭乘另一架免费邮政飞机。有人说他急着走是为了赶上林徽因次日晚上在北平协和小礼堂举行的关于中国古代建筑艺术的讲演，也有人说是因为他当晚回来过，看到陆小曼绝情的信才怒冲冲地搭上那班飞机——中间他曾经给小曼短信：“徐州有大雾，头痛不想走了，准备返沪。”但还是走了。因为大雾，为了寻找航线，飞机一再降低飞行高度，忽然撞在济南的北大山上。一名乘客，两名驾驶员，一同罹难。那年徐志摩三十六岁。

听到这个消息，小曼一下子昏厥了，醒来之后便号啕大哭。出事那天晚上，家里的镜子叭地掉下来，她逢人就说，一定有不好的预兆……

徐志摩说：“诗人之中很少寻得出一个圆满快乐的人。像英国的雪莱，他覆舟的死况有多奇怪。”“我希望我将来能得到他那样刹那的解脱，让后世人谈起就寄予无限的同情与悲悯。”他果然得到了刹那间的解脱……

或许，冥冥之中，命运早已安排。

# 朱生豪：最会写情书的男人

我想作诗，写雨，写夜的相思，
写你，却写不出……只是醒来觉得，甚是爱你。

朱生豪在写给女友宋清如的一封信中说："只有你好像和所有的人完全不同，也许你不会知道，我和你在一起时较之和别人在一起时要活泼得多。与举世绝缘的我，只有你能在我身上引起感应。"

朱生豪是一个孤僻到极点的人，据他自己说，一年中一句话不说的日子有一百多天，说话不到十句的日子有二百多天，其余日子说得最多的也不到三十句。他的寡言，在当时是出了名的，据他在世界书局的同事施英回忆："那时我们全在英文部任事……他是办公室里最沉默的人，往往整天不说一句话，旁人找他闲谈，他总是报以和蔼的微笑，更继之以脸红，于是完了……"他的另外一个同事胡山源回忆朱生豪说："在世界书局数年，他就坐在我的对面，我没有听见他说满十句话。别人与他谈话，大都以点头、摇头或微笑答之。"他是如此冷僻、寡淡，将自己封存在一个狭小的世界，但谁能相信，他面对宋清如时却像换了一个人，既热烈又优雅，既克制又奔放。

## 玲珑骰子安红豆，入骨相思知不知

朱生豪一九一二年生于浙江嘉兴一个商人家庭，他是家中的长子，十岁时母亲去世，十二岁时父亲也去世了。族中亲戚趁机侵占了他家的房产，是寡居的姑母抚育了他们兄弟三人。由于幼年失去怙恃，尝尽人间辛酸，他因而形成了沉默寡言的性格。宋清如曾在一篇文章里说："追想生豪的为人，是太偏于内向的。唯一的原因，也许是幼失父母，无邪的天真被环境剥夺得太早了，养成了耿介自爱、沉默寡言的性格。"

朱生豪尽管话很少，却很聪明，一九二四年高小毕业后，直接插入嘉兴著名的私立中学秀州中学初中二年级读书。中学毕业后校长亲自推荐，他被保送进入杭州之江大学读书，并享受全额奖学金，从而免去了生活之累，能够一心一意地读书。

之江大学是一所由美国传教士创立的教会大学，坐落于钱塘江畔，草木葱茏，江声塔影，不但校园环境优美，而且文理兼重，聘请了一大批著名的教授学者任课。夏承焘、郁达夫都曾在该校任教。就像是名驹驰于马群，皓月安处群星之间，朱生豪的才华很快使他脱颖而出，教授夏承焘在阅读他的习作后曾说："阅朱生豪唐诗人短论七则，多前人未发之论，爽利无比。聪明才力，在余师友间，不当以学生视之。其人今年才二十岁，渊默若处子，轻易不发一言。闻英文甚深，之江办学数十年，恐无此不易之才也。”

在“之江诗社”，朱生豪认识了她——刚上大一的小师妹，有“校花”之称的宋清如。宋清如出身于常熟宋氏，属世代书香门第，幼年曾受过良好的传统国学熏陶。中学毕业后，母亲希望她像传统女性一样早早嫁人、相夫教子，但她坚决不从，要求接受更高等的教育。

最后，母亲拗不过她，允许她继续读书，她也向母亲保证将来不要嫁妆。之后，她考入苏州女子师范学校。毕业后，她欲入大学深造，但是按照国民政府教育部的规定，读苏州女师已享受过公费补贴，不能再报考国立大学。不能报国立大学，就报私立。当时的中国，私立大学颇多，如燕京大学、圣约翰大学、金陵大学等的学术气氛和教学成就都不逊于国立大学，甚至在国立大学之上。就这样，宋清如报考了之江大学。

甫入之江大学的宋清如很快就引起了人们的注意，她虽然衣着平凡，但相貌出众、独立不羁，颇有自己的思想，被调皮的男生们选为校花。当时的之江大学很受富商们青睐，多把子女送到该校读书，富家小姐们不但衣装华美，而且有仆妇接送。对此，宋清如曾说：“女性穿着华美是自轻自贱……认识我的是宋清如，不认识我的，我还是我。”她的言论让同学们感觉到一股跃动的火焰，由是成为女生们的中心人物。这还不止，她的诗歌在《现代》杂志刊载后，主编施蛰存先生亲自给她写信，称她“一文一诗，真如琼枝照眼”，把她的才华和当时的才女冰心相比，称她有“不输于冰心之才”。

“之江诗社”是之江大学最负盛名的社团，差不多集中了该校所有的文学青年。宋清如首次参加该社活动时展示的是一首新诗，诗稿在众人手中传看，引来一阵无声的嘲讽。后来传到一个大三男生手中时，他略看了一眼，笑了笑，这笑容是真诚的，令紧张的宋清如为之释然。宋清如后来回忆说：“我初次认识生豪的时候，是在民国廿一年（1932）的秋天。在钱塘江畔、秦望山头，极富诗意的之江大学中间。那时候，他完全是个孩子，瘦长的个儿、苍白的脸，和善天真，自得其乐的，很容易使人感到可亲可近。”

诗社活动结束后，宋清如收到朱生豪的一封信，朱在信中解释，该社成员俱为写旧体诗的诗人，新诗是不受欢迎的。信中还附了几首他自己的作品，请她提出意见。宋清如当即回信，向这位学长请教旧体诗的学问，就这样，两个人开始了交往。

尽管二人在信中谈得十分投契，在路上相遇却如陌生人一般，甚至擦肩而过连头也不点一下，但这正是爱情的另一种酝酿方式。爱，令人难以启齿，并非畏惧，而是开启一扇新的生命之门时的踟蹰不前。一个腼腆无言，一个小心翼翼。

然而这一切，还是逃不过同学们的眼睛。与朱生豪同住一个宿舍的彭重熙见他们始终不曾约会，大有只谈学问不谈爱情的意思，也为之着急起来。有一次，朱生豪与诸友在校园里遇上迎面而来的宋清如，彭重熙当即将朱生豪猛地一推，使得两人“亲密接触”，这是一个尴尬但又充满喜剧意味的场面。然而，他们都还太年轻，还不能把握这青春的恋情。所以，爱终究没有说出口。

一九三三年夏天，朱生豪大学毕业，离杭赴上海工作。朱、宋二人书信交往已经一年，尽管彼此心知肚明，但谁也不肯表白。即将分离之际，朱生豪和宋清如在六和塔下一个小饭店里话别，朱将他写的三首《鹧鸪天》赠予宋清如。

楚楚身裁可可名，当年意气亦纵横，同游伴侣呼才子，落笔文华洵不群。招落月，唤停云，秋水朗似女儿身。不须耳鬓常厮伴，一笑低头意已倾。

忆昨秦山初见时，十分娇瘦十分痴，席边款款吴侬语，笔底芊芊稚子诗。交尚浅，意先移，平生心绪诉君知。飞花逝水初无意，可奈衷情不自持。

浙水东流无尽沧，人间暂聚易参商。阑珊春去羁魂怨，挥手征车送夕阳。梦已散，手空扬，尚言离别是寻常。谁知咏罢河梁后，刻骨相思始自伤。

三首词，等于将他的爱说出了口。不须耳鬓常厮伴，一笑低头意已倾。有情人不必朝暮相对，但这一别，却是八年苦恋。

## “我寂寞，我悲哀，我再也没有诗了”

朱生豪到上海后，入世界书局当英文编辑，借住在位于平凉路书局经理陆高谊家中的亭子间里。世界书局是二十世纪三十年代著名的民营出版机构，曾与商务印书馆、中华书局三分天下。该书局的几位同人如詹文浒、陆高谊、胡山源、施英等都是朱生豪旧日师友，所以朱生豪初到书局上班颇为快意。世界书局给朱生豪每个月的薪水是七十块大洋，除去寄回嘉兴老家三十块，还剩下四十块。就实际情况来看，这对一个单身青年来说是颇为宽裕的。除了必要的开支，朱氏便将剩下的薪水全部用来买书，他沉浸在莎士比亚、华兹华斯、济慈和雪莱的世界中。

罗素曾说：“对爱情的渴望，对知识的追求，对人类苦难不可遏制的同情心，这三种纯洁而无比强烈的激情支配着我的一生。这三种激情，就像飓风一样，在深深的苦海上，肆意地把我吹来吹去，吹到濒临绝望的边缘。”住在上海亭子间里的朱生豪，一方面在英国文学的海洋里遨游，另一方面又对现实痛恨极了。他曾说：“到处是胜利者的狞笑和压抑者的呻吟。”二十世纪三十年代的上海，是典型的花花世界，十里洋场的生活纸醉金迷，大街上却经常有人饿毙。人世冷漠，社会上的风气败坏，出版环境亦坏。出版机构为了渔利，经常出版一些不负责任的书。本就寡言的朱生豪在这种环境里显得更加格格不入，他在写给宋清如的一封信中说：

世界书局出版的滑头古书，真令人不敢领教。今天我把附在《古诗源》后一个妄人编选的古情诗翻了一下，那种信口雌黄真教人代他难为情，尤其是前面那一篇洋洋数千言谈“性念与爱情”的序文，不但肉麻，连骨头和五脏六腑都会麻起来。这位先生据说是把“尸位素餐”的“素餐”解作“吃菜饭”的人，然而居然会大说起四书五经来……

对于一个编辑而言，好的作品是一件艺术品，通过编辑的手将艺术品呈现给读者；而坏的作品，则无异于垃圾，这时候编辑充当的便是垃圾处理工。朱生豪在写给宋清如的另一封信中曾抱怨：“（稿子）算是校订过了两遍，校对过了三次的样子，拿到我手里仍然要改得一塌糊涂，其实偷懒些也不碍事，可是我又不肯马马虎虎……”编辑的工作是单调甚至枯燥的，更要命的是经常要处理一些妄人（往往同时是名人）的书稿，这种工作不只无聊，简直是在磨损人的生命和激情。如果是一个肯敷衍了事的人也就罢了，偏偏朱生豪凡事认真，因此他不得不为一些并不优秀的书稿付出巨大的精力。往往同事校对过几遍的稿子，他还要再校对一遍，又发现百十处错误。

世界书局的编译主任詹文浒是朱生豪在秀州中学念书时的老师，为人极有眼光，策划编一部《英汉四用辞典》。最初是苏兆龙、葛传槼、朱生豪、邵鸿馥加上詹氏五个人一起编，但是因社会动荡不安，加上经济不景气，编辑们相继离开书局，最后只有朱生豪一个人坚持了下来，把这部大书辞典编完。这部辞典曾长期成为那个时代学生和研究者的案头书，影响极大。

宋清如在谈及朱生豪的这一段生活时说："（民国）二十二年（1933）的暑天，他脱离了大学生活，入世界书局当英文编辑。那时他实际年龄还不到二十二岁，正似一只自由的歌鸟，投进了笼子。寂寞的诗人，投进了更寂寞的环境。工作的余暇，唯有读书，可以补充他的空虚。他每回写信，都向我诉说：'我寂寞，我悲哀，我再没有诗了。'歌声也渐渐从他嘴边消失。他迈上了成人的不平的途径。"艺术家需要闲暇和激情，诗人尤其需要，偏偏书局编辑的生活如死水一潭，既没有闲暇，更谈不上激情。这对朱生豪而言，简直苦闷得要死，为此，给女友宋清如写信就成了他唯一的慰藉。

爱如水，能够温润人的心。

他几乎每天都给宋清如写一封信，有时候这一封刚刚寄出，又接着写下一封，写自己的思念，写自己的眷恋与渴慕。宋清如的回信简约明了，而朱生豪的信却滔滔不绝、顽皮无比。他有时在信中称宋清如为“宋姑娘”，有时又称她“宋神经”，有时称她“清如贤弟”，有时称她“女皇陛下”，甚至有一次称她“祖母大人”，简直令人啼笑皆非。至于“阿姐”“宝贝”“亲亲”“宋儿”“小鬼头”之类的称呼，居然多达七十余种。

至于他的落款，也就是自称，更是五花八门，简直可以说是“古往今来帝王将相神魔”皆用之。他特别喜欢小动物，但那些动物未免太过卑微，比如“老鼠”“蚯蚓”和“鸭”，还有更卑微的一个，是“你脚下的蚂蚁”，当然他也用过一些霸气外露的名字，比如“罗马教皇”“兴登堡将军”“路易十六”之类。有一次宋清如收到信后，发现署名是“希特勒”，她当然知道，这绝不可能是元首写来的信，照旧是朱生豪搞的怪。他的自称有的充满外国文学趣味，如“伤心的保罗”“快乐的亨利”“不说诳的约翰”“堂吉诃德”“伊凡叔父”；有的则神气活现，如“张飞”“常山赵子龙”“黄天霸”“元始天尊”“魔鬼的叔父”。有一回他还自称“牛魔王”，搞笑的是他还自称过“猪八戒”，令人捧腹。他的自称最长达二十多个字，少的只有一个字。要说有谁曾用过这么多名字，估计只有用过一百八十多个笔名的浙江老乡鲁迅可以与之媲美了。至于他自称“朱朱”，则徐志摩自称过“摩摩”，梁实秋自称过“秋秋”，大致类然。至于徐志摩在写给陆小曼的信中自称“你的顶亲亲的摩摩”，朱生豪则自称“顶蠢顶丑顶无聊顶不好的家伙”，徐只用了一个“顶”字，朱公子则连用四个。鲁迅在写给许广平的信中落款曾用毛笔画了一头翘着鼻子的大象，开了自创logo的先河，而“二毛子”（亦朱生豪自称）则形式更加多样，他的署名不但有中文、外文，还有一串五线谱里的音符。

这些称谓和自称中，闪烁着一种燃烧不熄的激情。

李银河曾说：“激情状态是人生最有趣的状态，无论是对人还是对事产生了激情，必定是产出最多的状态，对人发生的激情产出爱和诗，对事发生的激情产出事业的成果。”总是处于激情状态的人都不是寻常人，不是伟大的艺术家，就是伟大的科学家，最不济也是一个伟大的情人。毕加索一生创作了三万九千多幅画；潘玉良一生创作了四千余件艺术品；尼采写书把自己写进了精神病院；叔本华因为邻居的噪音影响他写作而跟邻居打架，几乎惹上刑事官司，这都是明显地处于激情状态的人才能做出的事情。

原来，激情可以使人脱胎换骨，再寡言冷僻的人，也变得妙语如珠、光焰四射。

朱生豪在一首诗中写道：

我秘秘密密地告诉你，

你不要告诉人家，

我是很爱很爱你的。

我是深爱着青子的，

像鸥鹰渴慕着青天，

青子呢？

睡了。

鸥鹰呢？

渴死了。

## 我作诗，写雨，写夜的相思，写你，却写不出

朱生豪热烈如火，宋清如却平静如水。就像托马斯·哈代说的：“呼唤者与被呼唤者从不相互应答。”

宋清如是一个从旧式家庭里挣脱出来的女子，在她未认识朱生豪之前，家里曾为她包办了一门婚事，并且与对方有婚约。有了独立思想后，她曾强烈抗议，但对方不肯罢休。为了读书，她差一点儿和母亲闹翻脸，成为整个家族的仇人。直到大学二年级的时候，男方才同意登报申明解除婚约。这也可以理解，为何她对朱生豪的感情小心翼翼。因为她的自由，来得实在不容易。挣脱了镣铐的人，往往渴望更大的自由，深受欧洲女权主义影响的宋清如晚年曾对散文家范笑我说：“我一直没考虑过与生豪结婚。当然，更没有想到过跟别的什么人结婚……我把结婚当成恋爱的

坟墓，我喜欢自由，讨厌应酬和排场。”

卿未嫁，我则不娶。

朱生豪大学毕业后，尤其是有了稳定的工作后，姑母也曾为其物色结婚对象，但均被他拒绝，惹得姑母大为不快。就像钱锺书之于杨绛，在遇到她以前，他从未想过结婚的事；在遇到她之后，他从未想过别人。他在写给宋清如的一封信中更是坚定地表达了自己的感情：

在此刻，我们的处境很有些相仿，我们的家庭方面都在盼望我们赶快结婚，而我们自己都在托词敷衍着。关于我自己，我抱着不结婚的理想，少说些也已有五六年了，起初还只是一个理想主义者的诗意的想头，伴着对于现社会婚姻制度的不满，而近年来生活的困苦的暗影更加强了我的决心。姑母他们以为我现在不愿结婚是有所期待，或者因为嫌现在收入菲薄，要等经济方面有恃无恐后再说，因此倒是相当地嘉许我。

但我如说出永远不结婚的话来，她们便要说我是傻子，而且也不肯相信（按照我们的道德的逻辑，你不娶妻生子，父母生下你来做什么？……），然而我自己相信我是聪明的，虽然未免偷懒规避了“人生的义务”……关于你，那么似乎你的理由只是怕和平常女人陷于同样命运之故，然而这并不是怎么充足的理由，因为命运的平凡不平凡和婚姻并无绝对的关系，真是一个能够自己有所树立的女子，那么虽结了婚也不妨害她为一个不平凡者……

朱生豪大学毕业，也就是宋清如在之江大学念书的后三年间，他一有闲暇就立刻去看她，然而这远不能解决渴慕之情。他依旧是一天一封或一天两封乃至多封地给宋清如写信。他也抱怨宋清如的回信太少或太迟，他曾在一封信中说："望你的信如望命一样，虽明知道你的信不会到得这样快。"在另一封信中则孩子气地说："今天宋清如仍旧不给信我，我很怨，但是不想骂她，因为没有骂她的理由。今天中午气得吃了三碗，肚子胀得很，放了工还要去狠狠吃东西，谁教宋清如不给信我？"

然而，宋清如面对他的感情，始终未能给予正面回应，他说：

以前我最大的野心，便是成为你的好朋友；现在我的野心，便是希望这样的友谊能继续到死时。谢谢你给我一个等待。做人最好常在等待中，须是一个辽远的期望，不给你到达最后的终点。但一天比一天更接近这目标，永远是渴望。不实现，也不摧毁。每发现新的欢喜，是鼓舞，而不是完全地满足。顶好是一切希望化为事实，在生命终了的一秒钟。

爱令人卑微，孤傲冷僻如朱生豪，在面对自己爱的人之时，也从国王变成了乞丐。无怪乎张爱玲说："遇见你我变得很低很低，一直低到尘埃里去，但我的心是欢喜的，并且在那里开出一朵花来。"

绝大多数时候，朱生豪的信都写得柔媚动人，比恋爱中的诗人更像一个诗人，比诗人写下的诗句更像诗，我们不妨摘录一些来看：

我想作诗，写雨，写夜的相思，写你，写不出。

我想要在茅亭里看雨、假山边看蚂蚁，看蝴蝶恋爱，看蜘蛛结网，看水，看船，看云，看瀑布，看宋清如甜甜地睡觉。

这里一切都是丑的，风、雨、太阳，都丑，人也丑，我也丑得很。只有你是青天一样可美。

醒来觉得甚是爱你。这两天我很快活，而且骄傲。你这人，有点太不可怕。尤其是，一点也不莫名其妙。

他是如此想念她，甚至自称"我是宋清如至上主义者"。他像一个孩子一样天真无邪，将她视作自己的爱人、自己的伴侣、自己的知己、自己的姐姐。看他的信，简直令人落泪，质地醇正，一点儿没有遮拦。

不要愁老之将至，你老了一定很可爱。而且，假如你老了十岁，我当然也同样老了十岁，世界也老了十岁，上帝也老了十岁，一切都是一样。

要是世上只有我们两个人多么好，我一定要把你欺负得哭不出来。

我实在是个坏人，但作为你的朋友的我，却确实是在努力着学做好人。

我渴望和你打架，也渴望抱抱你。

为什么不来信呢？不是因为气我吧？我所说过的话都是假的，你一定不要相信我。

他绝非一个浅薄的只会说爱、痛、病的三流诗人，他不只是诗人，还是智者。因此，他有智者的感情，唯上智之人，才懂得灵魂之爱。所以他会说，聪明人是永不会达到情感的最高点的。他的爱，出自肺腑，发于心灵，是真正的赤子之爱。

我找到了你，便像是找到了我真的自己。如果没有你，即使我爱了一百个人，或有一百个人爱我，我的灵魂也仍将永远彷徨着。你是 unique（独一无二）的。我将永远永远多么多么的欢喜你。

心里不痛快的时候，也真想把你抓起来打一顿才好。

我愿意舍弃一切，以想念你终此一生。

每天每天你让别人看见你，我却看不见你，这是全然没有理由的。

回答我几个问题：

我与小猫哪个好？

我与宋清如哪个好？

我与一切哪个好？

如果你回答我比小猫比宋清如比一切好，那么我以后将不写信给你。

这样的渴慕，这样的爱，就像放置在遥远位置的磁铁，总有吸附在一起的可能。然而，与爱而不得相比，更加消耗生命的是平庸。不苦生命之短暂，苦其不能辉煌。对爱怀有野心的人，对生命的价值同样怀有野心。他在写给宋清如的信中畅言自己对平庸的不甘：

如果到三十岁我还是这样没出息，我真非自杀不可。所谓有出息不是指赚三百块钱一月，有地位、有名声这些。常常听到人赞叹地或感慨地说，“什么什么人现在很得法了”，我就不肚热那种得法，我只要能自己觉得不无聊就够了。像现在样子，真令人丧气。读书时代自己还有点自信和骄矜，而今这些都没有了。自己讨厌自己的平凡卑俗，正如讨厌别人的平凡卑俗一样，趣味也变得低级了，感觉也变滞钝了……

一九三五年，在同人兼师长詹文浒的建议下，朱生豪决定翻译《莎士比亚全集》，此前他已经收集了多个莎剧版本并做了大量研究，对经典剧本几乎到了能诵读的程度。至此，他把翻译莎剧作为自己一生的事业。他在写给宋清如的一封信中说："你崇拜不崇拜民族英雄？舍弟说我将成为一个民族英雄，如果把Shakespeare（莎士比亚）译成功以后。因为某国人曾经说中国是无文化的国家，连老莎的译本都没有。"信中的舍弟指二弟朱文振，曾鼓励朱生豪翻译"莎剧"，并告知他有日本极端文人嘲笑中国是无文化的国家，连莎翁的译本也没有。朱生豪告诉爱侣，这不只是他的事业，也是他送给她的一份礼物。

朱生豪写给宋清如的信有五百余封，每一封信都燃烧着他的激情，这让笔者想到了爱尔兰诗人叶芝，他在第一眼看到茅德·冈时说："我一生的烦恼开始了。"苦恋一生，而激情不灭。无怪乎李银河说："人很难长久保持激情，即使是最浪漫的爱情也最终转变为平淡的亲情和友情，只有一种例外的情况：未实现的爱情，它会使激情状态保持很长时间。"

## 抖掉枝叶和花朵，枯萎进入真理

这一年，宋清如终于正面回应了朱生豪的爱恋，她在回赠朱氏的一首《蝶恋花》中写道：

愁到旧时分手处，一桁秋风，帘幙无重数。梦散香消谁共语，心期便恐常相负。落尽千红啼杜宇，楼外鹦哥，犹作当年语。一自姮娥天上去，人间到处潇潇雨。

一九三五年八月，宋清如首次携朱生豪到常熟老家，他们的关系获得了正式的认可。朱生豪在一封信中说：“那照眼的虞山和水色使眼前突然添加了无限灵秀之气，那时我真爱你的故乡。”这信和这份苦恋，简直和沈从文对张兆和的表白别无二致。由此可见，世间的恋人都有同一颗心，其痛犹如蚌之珠，光华深处是千层万层的爱。

一九三六年，宋清如从之江大学毕业，受聘于湖州明德女子中学，开始了教学生涯。同年八月八日，朱生豪完成了莎剧《暴风雨》的翻译初稿，此后他相继译出《仲夏夜之梦》等九部喜剧。按照朱生豪的估计，只要再给他两年多平静的生活，他就能完成全部的莎剧翻译。然而，一九三七年八月十三日日军进攻上海，“八一三事变”爆发，世界书局被日军占领，匆忙出逃的朱生豪只带了牛津版的《莎士比亚全集》和部分译稿，其他书籍、衣物尽数沦丧，已经交付的译稿也不知所终。逃离上海后，他暂时回到老家嘉兴，但不久嘉兴也沦陷，他不得不进行新的逃亡。然一旦条件允许，他立刻开始翻译工作。一九三八年夏天，局势稍微缓和，此时的上海处于日军占领下的“孤岛”时期，朱生豪立刻回到在租界恢复营业的世界书局，继续从事翻译工作。宋清如也因战争而失业，远赴重庆、成都继续教书。两人依旧天涯相隔，书信往来。

藕发莲生，必定有根。

朱生豪情根深种，宋清如终于在一九四二年从成都返沪，于当年五月一日与之成婚。参加他们婚礼的夏承焘亲笔写下“才子佳人，柴米夫妻”八个字相赠，在某种意义上，这成为他们日后生活的写照。宋清如为了使丈夫的翻译工作继续下去，才女变主妇，将心思全扑在家庭上，几乎放弃了自己的全部理想，教书的工作当然不能再继续，诗词创作和看书更是没有时间。这时候的朱生豪除了一支笔，可以说是身无长物，他曾对宋清如说：“我很贫穷，但我无所不有。”这段时间，朱生豪住在宋清如的老家常熟，这位半生孤苦无依的大才子迎来了他一生中最为充实的光阴。他的翻译工作进展得十分顺利，翻译得又快又好，到年底就补译出《暴风雨》等九部喜剧，将丢失的译稿全部补译完成。

一九四三年一月，朱生豪夫妇带着莎翁全集和全部译稿，来到了嘉兴朱生豪老家，继续进行翻译工作。当时，朱生豪昔日的同学中有在敌伪政府做教育官员的，有人曾建议他通过老同学谋一个教职，改变生活的贫苦。他一听嗤之以鼻，此事便无人再提。他宁可贫穷致死，也绝不肯为敌伪服务。在那段没有工作、极其艰难的日子里，一张榉木记账桌、一把残破不堪的靠椅、一盏寒酸可怜的油灯、一支勉强出水的钢笔和一套莎翁全集、两本辞典就是他的全部工作用具。每个月开始的那几天，他们总是先买好米，能够节省下来的开支尽可能节省。每天天一亮，他立刻起床梳洗，然后投入工作。妻子宋清如则负责烧饭、买菜、洗衣。空闲的时候，她便给人做佣工，补贴家用。生活尽管拮据，但宋清如给家庭带来的安宁、祥和，为朱生豪潜心翻译提供了平静的港湾。她成了他的精神支柱，离开了她，他几乎无法自持。有一次，宋清如回常熟娘家，朱生豪便每天站在门前等待，当时正逢雨季，雨淅淅沥沥地下个不停。朱生豪便站在青梅树下，一边捡拾叶片，一边吟哦，这时候他又成了诗人。他曾写道：“同在雨中等待，同在雨中失眠……”

朱生豪翻译最投入的时候，足不出户，甚至连续几天也不下楼一次。在极微薄的收入中，他奋笔不止。他的头发总是长得很长，也没有时间和金钱去理发，便由妻子用剪刀剪短。牙痛或营养不良，他只能忍着。就是在这样的环境下，他又译出大量的莎翁作品。翻译《亨利四世》时，他觉得肋间开始剧痛，起初以为只是小毛病，后来变得越发严重，结果确诊为严重的肺结核及并发症。朱生豪在写给二弟朱文振的一封信中说：“这两天好容易把《亨利四世》译完。精神疲惫不堪……因为终日伏案，已经形成消化不良现象，走一趟北门简直有如爬山。幸喜莎剧现已大部分译好……已替中国近百年翻译界完成了一件最艰巨的工程……不知还能支持到何时！”

一九四四年六月，带病工作的朱生豪彻底病倒。十一月底，他日夜躺着，有时候连话也说不出来，更不要说看书了。他曾对妻子说：“莎翁剧作还有五个半史剧没翻译完毕，早知一病不起，就是拼着命也要把它译完。”

临终前数天，宋清如发现他大便失禁，臀部以下全是鲜血。当宋清如给他擦洗身体时，他喃喃地说：“我的一生始终是清白的。”就在这天晚上，宋清如听到他喃喃低语：“清如，我要去了！”妻子连声大呼，他才渐渐恢复意识，泪水也慢慢流了下来。宋清如也泪如雨下，告诉他哪怕相聚一分钟，也是宝贵的。十二月二十四日中午，朱生豪进入弥留状态，口中念着莎士比亚戏剧的英文台词，意识陷入模糊。两天后，朱生豪忽然说：“清清，旸旸，我去了。”然后溘然辞世。这一年，朱生豪和宋清如都三十二岁，他们两岁的儿子旸旸尚在襁褓中。

柏格森说：“性格是一个人看不见的本质。”朱生豪身上有一种殉道精神，道而及于爱，才是真正的道，否则就丧失了人性的归属，成了机械主义。无论是事业，还是爱情，都有激情所在，唯生命不灭，则光焰不熄。

生命有长有短，但总有结束的一天。朱生豪早年曾对宋清如说："要是我死了，好友，请你亲手替我写一墓志铭……不要写在什么碑版上，请写在你的心上：这里安眠着一个古怪的孤独的孩子。"天才都是孩子，他们如此单纯，然而又如此脆弱，在瞬间迸发出耀眼的光芒之后，便匆匆归于天国。苏轼说："匹夫而为百世师，一言而为天下法。"巴尔扎克说："拿破仑用剑未能完成的事业，我将用笔去完成。"在文学的野心上，他们堪称彼此的隔世知音和异国知音；在凄凉的人世之路上，他们的文字温暖着过去、现在，以及未来的无数人。

我仍是幸福的，我永远是幸福的。世间的苦不算什么，你看我的灵魂不曾有一天离开过你。

在朱生豪身上，我看到了王小波，看到了《爱你就像爱生命》。曾有人说，朱生豪是最会写情书的男人，信然。

# 林语堂：何妨怜取眼前人

吾所谓钟情，是灵魂深处一种爱慕不可得已之情。由爱而慕，慕而达则为美好姻缘。

林语堂在《生活的艺术》中说：“尘世是唯一的天堂。我们都相信人总是要死的，我认为这种感觉是好的。它使我们清醒，使我们悲哀，也使某些人感到一种诗意。”现实生活本身具有短暂性，因此使人懂得珍惜，与其求取不可能的东西，不如珍视自己拥有的一切。尘世之中，既有酒酿也有黄连，在两极之间，就是生活。

## 生活，就是酒酿与黄连

林语堂有一本自传体小说《赖柏英》，是以自己的初恋女友为原型创作的，那是一个名叫赖柏英的女孩，林语堂给她起了个昵称——橄榄。对林语堂而言，初恋不只是少年懵懂的情事，还是他一生关于家乡的记忆。与初恋有关的一切，某种意义上也融进了他对故土的思恋。他后来在美国回忆起故家时说：

在我一生，直迄今日，我从前所常见的青山和儿时常在那里捡拾石子的河边，种种意象仍然依附在我的脑中，我的家是在崇山峻岭之中，四周都是高山。我在纽约的高楼大厦之间，听着车马喧嚣，恍然若有所失。我经常思念起自己儿时常去的河道，听河水流荡的声音，仰望高山，看山顶云彩的变幻。

就是在福建山水环绕的坂仔村，懵懂的少年遇到了青涩的少女。中国旧式的乡村是以宗法和亲缘维系的，再远的人都能扯上亲缘关系，算起来林语堂是赖柏英的“五舅”，不过两个人都还年少，很快就忘记了这层“辈分”，萌生了朦胧的爱恋。坂仔村位于花山溪畔，村落星罗棋布，蛾眉山、石齿山、十尖山、南寮山环绕四周，草木苍翠，清澈见底的溪水流淌其间。林语堂与橄榄经常在林间采野花，在溪水里抓鱼，还曾爬遍村落周围的小山。他晚年时曾回忆说：

我以前曾爱我们坂仔村里的赖柏英。小时候，我们一齐捉鲦鱼，捉螯虾，我记得她蹲在小溪里等着蝴蝶落在她的头发上，然后轻轻地走开，居然不会把蝴蝶惊走。

田园牧歌，却不能厮守终老。

一九一一年，十七岁的林语堂赴上海圣约翰大学念书，不得不与橄榄告别。乡村少女哪里知道山外的世界是怎样的，她只是隐隐觉得，这一切似乎就要结束了。小说《赖柏英》中有一段谭新洛和赖柏英告别的场景，很可能是写实：

柏英：世界上还有比我们这儿更美的山谷吗？你已拥有了这些山，也可以得到我。为什么你一定要出国呢？

新洛：……

柏英：就算你住在漳州，我们也有香蕉、甘蔗、桃子和橘子，还有各种鱼类和青菜。外国港口有的东西，我们哪一样没有呢？

新洛无言以对，其实也是林语堂无言以对。他无法对这天真的少女诉说自己的梦，多年以后他发现自己绕了一大圈，仍旧是回到了原点。终其一生，他都梦着家乡、梦着初恋。

张小娴说："我从来不相信'天涯若比邻'，我只见过比邻若天涯的男女。"隔了天涯，这一对少年男女的恋情也就结束了。到了上海，林语堂很快就融入了这个亚洲最著名的国际化都市。他在圣约翰大学读书时非常用功，品学兼优，大学二年级时曾四次登上学校的领奖台领取各式奖章，他热爱体育运动，踢足球、打网球，对棒球尤为喜爱，甚至跟一位来自夏威夷的同学学会了打上弯球和下坠球。

他的第二场恋爱，就和这所教会学校有关系。林语堂在《八十自述》中说："我从圣约翰回厦门时，总在我好友的家中逗留，因为我热爱我好友的妹妹。”这里所说的好友，指的是陈希佐、陈希庆两兄弟，他们是林语堂的大学同窗，他们的妹妹则是指陈锦端。陈锦端在上海的圣玛丽女子学校念书，该校就在圣约翰大学的隔壁，林语堂四次登上领奖台的传奇，曾经传遍了两所学校的校园，她也有所耳闻，并且心生爱慕。

当林语堂第一次见到陈锦端，惊为天人。他理想中的伴侣是《浮生六记》中的芸娘，而陈锦端知书达理，而且擅画，有艺术天分，无疑就是芸娘的化身。她的容貌，她的温柔和憨态，都令他倾倒。陈锦端对他亦是一见倾心，她爱他的谈吐幽默，也爱他的博学多才。因此，二人很快就陷入了热恋中。林语堂每次放假，都借故从漳州老家来厦门，名义上是看望同窗好友，实际上是与陈家的大小姐约会。可以说，这简直就是完美的一见钟情的范本。

人生最是有情痴，却大多是有缺憾的。

那还是一个“父母之命，媒妁之言”的时代，林语堂与陈锦端的恋情遭到了“未来老丈人”陈天恩的反对。此公早就看好一个富家子，作为自己的良婿。况且，陈家是厦门名医世家，同时经营电力厂、汽车公司，涉足多个行业，而林语堂只是穷牧师的儿子，这门婚事明显“门不当，户不对”。受了挫伤的林语堂回到家中，闷闷不乐，半夜里失声痛哭，吓得母亲提着灯到他房间询问，他吐露了真情。大姐知道后，责备他说：

你怎么这么笨，偏偏爱上陈天恩的女儿，你打算怎么养她！陈天恩是厦门巨富，你难道想吃天鹅肉？！

陈天恩虽然反对林语堂与女儿相恋，却愿意为他与别人搭桥牵线。他说："隔壁廖家的二小姐贤惠、漂亮，我愿意替你做媒，保准能成。"隔壁廖家亦是厦门巨富，经营实业和房地产，还是当地知名的银行家。廖家二小姐翠凤与林语堂的大姐林瑞珠曾是同学，为林家所熟知。林家不指望娶上陈家的大小姐，却对娶廖家二小姐十分赞成，林语堂的大姐曾说：

翠凤虽然出身于一个大家庭，但一点儿娇纵之气都没有，是个朴实、端庄的好姑娘。再说，翠凤长得也很有福相，高高的鼻梁，圆润的脸庞，人中很长，肯定会成为极其贤惠的妻子。

巧合的是，廖家二小姐翠凤后来也在圣玛丽女子学校读书，而林语堂与廖家的公子也早有交情，并曾受邀到廖家做过客。

他曾在一篇文章里回忆说：

我从上海圣约翰大学应邀到他们家去吃饭。在吃饭之时，我知道有一双眼睛在某处向我张望。后来我妻子告诉我，当时她是在数我吃几碗饭。另外我知道的，我路途中穿的那脏衬衣是拿到她家去洗的，却从来没人把我向她介绍过。

冥冥之中，似有天定。这位没被介绍的、给林语堂洗过衬衣的姑娘，就是廖家的二小姐翠凤。

## 他生莫作有情痴，人间无地著相思

林家的长辈十分看好这门婚事，就叫林语堂去提亲。他心里明明爱的是陈家的姑娘，人家却把他指给了廖家的姑娘，他也只能认了，与之订了婚。有一篇文章谈及林语堂的选择，读者分为两派，一派认为林语堂是个"虚伪的懦夫"，另一派认为林语堂只是做了"理智的选择"，也许倒是林语堂自己说得更透彻——大概聪明又理性的人都是懦夫。

然而，所谓懦夫，未必是忘情。林语堂曾说：

吾所谓钟情者，是灵魂深处一种爱慕不可得已之情。由爱而慕，慕而达则为美好姻缘；慕而不达，则衷心藏焉，若远若近，若存若亡，而仍不失其为真情。此所谓爱情。

林语堂略懂画，画画时总是画同一个画面，画中的女子梳着长发，以宽长的发卡绾住。女儿们曾不解地问他：“爸爸，为什么你画的女子发型都一样？”他并不掩饰内心的这段感情，轻轻地说：“锦端的头发是这样梳的！”

陈锦端得知林语堂与廖翠凤订婚后，并未按照父命嫁给富家子，而是赴美留学，学成归来后曾在教会大学教书。当时她居住在上海，距离林家不远，廖翠凤曾邀请她来家中，每次林语堂都十分紧张。这种孩子式的手足无措，连年幼的女儿们都觉得稀奇，廖翠凤便告诉孩子们：“爸爸曾经喜欢过锦端阿姨。”

对此，林语堂的次女林太乙也曾撰文说：

父亲对陈锦端的爱情始终没有熄灭。我们在上海住的时候，有时锦端姨来我们家里玩。她要来，好像是一件大事，我虽然只有四五岁，也有这个印象。父母亲因为感情很好，而母亲充满自信，所以会不厌其详地、得意地告诉我们，父亲是爱过锦端姨的，但是嫁给他的，不是当时看不起他的陈天恩的女儿，而是说了那句历史性的话“没有钱没要紧”的廖翠凤。

母亲说着就哈哈大笑，父亲则不自在地微笑，脸色有点涨红。我在上海长大时，这一幕演过许多次。我不免想到，在父亲心灵最深之处，没有人能碰到的地方，锦端永远占一个地位。

晚年的林语堂身体多病，经常坐在轮椅上，依靠他人的协助才能活动。寓居香港时，有一天好友陈希庆的太太，也就是陈锦端的嫂子来访，谈及陈锦端时说她依旧住在厦门。林语堂的眸子顿时亮了起来，他像个孩子似的大声地说：“你告诉她，我要去看她！”老妻廖翠凤虽知锦端是他内心深处的挚爱，但也不得不说：“堂！不要发疯，你不会走路，怎么还想去厦门？”他恍然明白过来，这不是他从漳州去厦门的船上，不是去看望锦端的梦里，他长长地叹息一声。

## 遇到对的人，才开始期待余生

托尔斯泰在《安娜·卡列尼娜》中塑造了两个类型的人物，一个是安娜式的，一个是列文式的。安娜为了爱，可以不计一切、飞蛾扑火，在所不惜。而列文无法想象不结婚能同一个女人产生爱情。无疑，林语堂更接近列文。中国绝少有《卡门》中唐·豪塞那样的人物，当然也少见卡门式的女子，在理智的人眼里，那几乎等同于疯狂。林语堂不是豪塞，陈锦端不是卡门，他们各自走上了命运的路。

伍迪·艾伦说：“欣赏和喜欢你拥有的东西，而不是你没有的东西，你才能快乐。”既然所爱不可求，那就接受一个爱自己的人吧。林语堂选择了她——廖翠凤。二人订婚时，爱女心切的廖母有着和陈天恩一样的想法，她说：“和乐（林语堂本名）

是穷牧师的儿子，家里没有钱，你真要嫁给他吗？”廖翠凤十分肯定地说：“穷有什么关系？”这句话真的打动了他，一个豪门千金愿意为了爱以身相许，他还能不全力以赴吗？

一九一九年，取得哈佛留学资格的林语堂赴美读书，带着新婚妻子廖翠凤一同前往。令他没想到的是，廖翠凤在邮轮上盲肠炎发作，疼痛令她脸色苍白，汗出如浆，偏偏船上又没有医生，这可急坏了林语堂。他每天怀着极为痛苦的心情在船舱里陪伴太太，一步也不肯离开。同船的人见他们整天腻在船舱里，都称赞他是一个好伴侣，却不知他内心像被烈火煎着一般。好不容易船到了夏威夷，林语堂赶紧带着妻子下船去做手术，廖翠凤却制止了他。原来林语堂赴美留学的经费是美国退回的“庚子赔款”折算的奖学金，普通留学生一个月是八十美元，因林语堂在清华大学做助教，所以不能算是真正意义上的留学生，他只得了一个“半额奖学金”四十美元。如果做手术把钱花光了，只怕接下来的日子很难过。恰好此时廖翠凤疼痛减轻，他们这才继续旅程。

林语堂夫妇到美国后，住在波士顿赭山街五十一号，与哈佛大学著名的卫德诺图书馆相邻。房东太太告诉他：“卫德诺图书馆的书，若是一本书顶一本书那么排起来，可以排好几英里长。”和所有作家一样，林语堂嗜书如命，到了哈佛大学简直就是到了天堂，他曾说：“对我而言，卫德诺图书馆就是哈佛，而哈佛也就是卫德诺图书馆。”只要不上课，他就泡在图书馆里。卫德诺图书馆的藏书是开架阅览，当天读不完的书，可以带回寓所继续看，次日归还即可。林语堂经常把书带到公寓，和廖翠凤一起阅读，他们既为书中的幽默开怀大笑，又为书中的悲剧流泪，读书成为他们留学生涯中最重要的乐趣。为了读书，他很少去看电影，甚至连喜欢的足球赛也放弃了。美国喜剧片《当哈利遇到莎莉》中有一段经典对白特别令人动心：“当你知道了自己想和谁一起度过余生，你会期待余生开始得越早越好。”他们，似乎在用自己的方式诠释所谓的“余生”。

## 年轻过，落魄过，我对生活一往情深

林语堂在哈佛读书一年，各科成绩都是A，但是留美学生监督施秉元却取消了他的助学金，这令他的生活极为窘迫。他曾两次发电报向胡适求助，胡适曾和他约定，学成后要他到北大来执教，因此每次收到电报，都汇给他一千美金，累计汇款两千，解决了他的生活问题。回国后他拜访北大校长蒋梦麟，感谢北大在他留学时提供的经济援助，蒋梦麟颇感意外，这才知道那笔钱是胡适私人掏的腰包，这令他感动极了。

在美国的另一件事是廖翠凤的急性盲肠炎又发作了，林语堂赶紧将妻子送到一所天主教医院。他认为割盲肠是个简单的小手术，所以妻子进了手术室，他就坐在外面看一册《盎格鲁－撒克逊文字的文法》，时间过了很久，他才意识到手术时间未免过长。事后他调侃："他一定是把我太太的内脏仔细搜索了三个钟头，一定以为这是观察中国妇女脏器的好机会。"然而手术并不完美，发生了感染，不得不二次开刀，一下子把钱花光了。以至于有一周，他不得不用一罐老人牌麦片维持生活，后来妻兄汇来一千美金，这才又解了他的燃眉之急。二次手术后，波士顿下了一场大雪，林语堂借了一辆马拉雪橇，将妻子接回了寓所。因为她的康复，他快乐极了，着实庆祝了一番。

林语堂在哈佛大学念了一年，便申请去德国的耶拿大学读莎士比亚戏剧课程。到欧洲后他也开心极了，不但去观览了大文豪歌德的故居，还与廖翠凤到布鲁塞尔、布拉格，以及法国罗亚尔河流域旅行。那些旧式的古城堡、狭窄的街道、风格浑厚的大教堂都令他产生思古之幽情。他怀想着歌德怎样写诗、席勒怎样使用老式淋浴设备，一切的一切都像诗一般，充满了罗曼蒂克。他说："我对一切古老的东西，古老的风俗、衣着、语言，都极其爱好，极其着迷。"

在德国期间，林语堂的房东是一个美艳的寡妇。她曾把自己写的诗拿给林语堂看，还将自己的情史讲给林语堂听，并存心勾引他，林语堂都置若罔闻。有一次，林语堂从她门前经过，她似乎要昏厥过去了，要求林语堂把她扶回床上。林语堂立刻大声喊“翠凤”，叫妻子来帮忙。房东太太一听，立刻苏醒过来了。

林语堂在耶拿大学获得硕士学位之后，又到莱比锡大学攻读比较语言学。这时德国发生了经济危机，马克贬值，他们打工积攒的钱也不够用了，廖翠凤不得不把母亲给自己的嫁妆，包括一些首饰变卖了换钱，购买生活用品。外国人不懂玉器，不肯付以高价，她的首饰都贱卖了，这令她非常难过。林语堂总是安慰她说：“凤，以后我挣了钱再买给你。”廖翠凤其实并不计较这些，她心疼的是那些首饰是母亲给她的念想。

林语堂在莱比锡大学求学时，廖翠凤正好怀孕了。他不愿意自己的孩子成为德国人，因此提前买好了船票，只等博士论文一通过，立刻动身回国。他平时读书肯用功，又抱着六十分及格的态度，向来不把考试当一回事，倒是廖翠凤十分紧张，怕考试不能通过，他拿不到学位。博士论文答辩的当日，林语堂从一个教授的办公室到另一个教授的办公室，分别应答。怀有身孕的廖翠凤站在门外等候，简直是望眼欲穿。将近十二点，林语堂才晃悠悠地出来，廖着急地问道：“考过了吗？”林语堂嘻嘻一笑说：“合格了。”廖翠凤喜上眉梢，在大街上就激动地给了他一个吻。至此，林语堂获得了语言学博士学位，他的留学生涯也结束了。

回国后，林语堂曾在多所大学任教，但真正让他驰名中外的还是他的文学创作。一九三六年，林语堂用英文创作了《吾国与吾民》，该书在美国的约翰·黛公司出版后立刻登上了畅销榜，在美国出版界引起了巨大的轰动。《生活的艺术》出版后，曾连续五十二个星期雄踞畅销榜首，成为全美畅销书的冠军，在美国印行超过四十版，并被翻译为法、德、意、荷兰、丹麦、瑞典、西班牙、葡萄牙等国的十余种的文字，从而使其成为享有世界声誉的作家。一位美国的书评家曾说："读完这本书之后，令我想跑到唐人街，每遇见一个中国人便向他深鞠躬。"该作品为林语堂赢得了巨大的声誉，但也惹来不少麻烦。

巴西有位富婆是林语堂的粉丝，她将一匹名贵的马取名为"林语堂"，还将此马相赠。后来这匹马参加比赛，报纸纷纷用大号字体的标题刊载文章"林语堂参加竞赛"；赛后这匹马未获得名次，报纸又刊文"林语堂未能夺冠"，读者们都记住了那匹名落孙山的马，冠军反而无人关注。有人将此事告诉林语堂，一向推崇幽默的他也啼笑皆非，连说"不幽默"。

还有一次，林语堂带着家人在河面上划船，一个女粉丝看见了他，立刻全裸，并跳进河里游了过去，大有与偶像"坦诚相见"的意思，吓得林语堂赶紧划桨，落荒而逃。

比之以上粉丝的奇葩行为，林语堂在夏威夷遇到的中国粉丝的热情程度一点儿也不逊色。一九三六年八月，林语堂携家人赴美，船中途在夏威夷停靠一天。他准备与家人好好去岛上游览一下，一下船却发现一大群人举着长条横幅，上面用中文写着“欢迎林语堂”。他还未站稳脚跟，就被一大群记者包围了，镁光灯闪成了一片，直晃得人睁不开眼睛。热情的粉丝们人人手捧花环，冲上来就往他们的脖子上套，林语堂夫妇的脖子上各自戴了七八个花环，三个女儿也差不多是同等待遇。

林语堂尚在晕头转向，又被人群簇拥着去吃夏威夷特色的大餐，餐后还观看了当地的草裙舞和海底世界。直到告别时，他才有机会向其中一个首领模样的人询问身份。那个人一阵错愕，随即大笑，他告诉林语堂，他们是南洋华侨，因为崇拜他，听说他到夏威夷落脚，因此举行了这场欢迎会。林语堂赶紧致谢，随后回到船上，发现热心的同胞们还送了一件礼物，那是一只已经烹调熟了的、足足超过一尺的大号螃蟹。

廖翠凤和女儿们吃不惯生鱼片，虽然参加了欢迎会却空着肚子，看到这只螃蟹乐开了花，叫林语堂赶紧打开。林语堂手持一柄小锤子，敲打了半天，愣是对这只螃蟹没辙。还是夫人干脆，拎起来用船舱的衣柜门夹住，用力一挤，螃蟹壳果然碎了，但衣柜的门轴也掉了下来。一家人哈哈大笑，大快朵颐，不亦乐乎。

## 还将旧时意，怜取眼前人

林语堂创作时，家人都竭力为他保留一方宁静的“世界”。廖翠凤有重要的事和他商量时，才会走进书房。林语堂写作时有一个习惯，一定要拉上窗帘，躺在床上打腹稿。这时候他嘴里还叼着烟斗，火星在黑暗中一闪一闪的。他创作长篇小说《京华烟云》时，林太乙十分关注父亲的写作进展，每天一放学连外套都来不及脱，便冲进父亲的书房看稿子。有一次，她发现父亲满脸泪水，就问道：“爸爸，你怎么啦？”林语堂说：“我写了一段非常伤心的故事。”那天，小说中的人物红玉被他“写死”了。

作家以及艺术家赋予作品的，不只是技巧和思想，还有“热情”。这里所说的“热情”涵盖了创作者的所有情感，意即投入了他自己。作品中有创作者的喜悦、愤怒、哀愁、苦涩。某种意义上，作品也是创作者的一部分，是他们从生命里抽出来的丝，是研磨了情感和意志的产物。托尔斯泰在《苦难的历程》中说：“在血水里泡三遍，盐水里煮三遍，碱水里浸三遍，人就彻底干净了。”某种意义上这也适合作家的创作，心灵有过这样的磨砺，作品才能登峰造极，因为作品是心灵的结晶。

林语堂嗜烟斗，找不到烟斗会六神无主，甚至什么也干不了，直在屋子里兜圈子，嘴里念叨着：“我的烟斗！我的烟斗在哪里？

烟斗，烟斗。”当自己或家人找到了烟斗，他的脸上立刻涌现出孩童般的笑容。有时候，他也故意捣乱，自己把烟斗藏起来，大声叫着：“凤，我的烟斗不见了！”廖翠凤赶紧放下手中的事务，安慰他说：“堂啊，慢慢找，别着急。”然后帮他到处找烟斗。他却不慌不忙地拿出烟斗，叼在嘴里抽一口，看妻子忙乱时的有趣样子。

林语堂创作时，嘴边永远离不开烟斗。女儿每次打开他书房的门，都发现屋子里烟雾缭绕，烟灰缸里堆满了烟灰，书桌下面也飘散着烟火，扔满了使用过的火柴棒。通常这个时候，也是他当天写稿最为顺利的时候。

明人张岱说：“人无癖不可与之交，以其无深情也。”爱物入癖，凡人未必能做到这一点，因为凡“养癖”，一则要有闲，二则要有钱。但若说癖是一点儿爱好，也未尝不可。有人喜欢养花种草，有人喜欢遛狗养猫，有人喜欢集邮，有人喜欢写字，有人喜欢买书，有人喜欢收集布娃娃，有人看到彩色铅笔就买一大把……都可以看作一种癖。有癖好的人令人亲近，也令人喜欢，因为对生活充满滋味和情趣。烟斗之于林语堂，是一件妙物，是一个象征，是癖好的标志。林语堂喜欢用烟斗温热的圆头擦自己的鼻子，还把烟斗当“指挥棒”，指挥众人干活，甚至把烟斗当锤子用，敲打椅子上冒出来的钉头。有一次烟油溅出来，触到了他的嘴角，他立刻跑到街角哇哇呕吐，令人忍俊不禁。

小女林相如回忆，父亲“整个吸烟斗的过程，从用铁丝清除烟斗里的烟油，把烟草轻轻地装进去，到用打火机点火使它慢慢地燃烧，都有技术。”烟斗玩到佳境，就不只是感官愉悦了，而是成了一种仪式。

林语堂有三个女儿，自从女儿们出生后，他就和女儿们一起管廖翠凤叫“妈”。有时候他从书房里出来，看到女儿后总是调皮地问道：“妈在哪里？”廖翠凤也把他当小孩，支使他干一些家务，或者纠正他的“调皮”行径。有时候，他嫌妻子管得太多了，就说：“你不要管了，我以为我早就小学毕业了。”这时，廖翠凤便不说话，只是看着他微笑。

林语堂不爱干家务，妻子廖翠凤便硬性给他“派任务”，打发他到厨房洗碗，但他总是笨手拙脚，不是打碎了盘子，就是摔坏了碗。廖翠凤听到厨房里“大动干戈”，心疼得不得了，觉得叫他洗碗实在不划算，就不让他干了。这时候，林语堂得意极了，总是捏捏妻子的鼻子，廖翠凤也就跟着笑了起来。不过，她又不免怀疑：“损坏了碗盘还这样开心，不会是为了免于家务，故意的吧？”

林语堂生活在一个新旧交替的时代，不少文人抛弃了发妻，另结新欢。他的朋友郁达夫、鲁迅都属此类，这颇令廖翠凤忧虑，便将自己所想告诉了丈夫。林语堂一听，不由得笑道：“凤啊，你放心，我才不要什么才女为妻呢！我要的是贤妻良母，你就是。”

我最喜欢的导演伍迪·艾伦说：“被爱跟被爱慕不同，因为一个人可以远远被爱慕，然而要真正爱一个人，最根本的，是要蹲在窗帘后面，和那人待在同一间屋子里。”在他的心中，她早已内化为他唯一的爱人，也是他真正的爱的归宿。

一九六九年一月九日，是林语堂和廖翠凤结婚五十周年的金婚纪念日，亲朋好友和铁杆粉丝们特地为他举行了一个纪念活动。在大红蜡烛的光影里，在众人的瞩目下，他送给爱人一件礼物，那是他亲自定做的一副黄金手镯。镯子上镌刻着三个字：“金玉缘”。此外，还镌刻着一首林语堂翻译的詹姆斯的诗歌《老情人》：

同心相牵挂，一缕情依依。
岁月如梭逝，银丝鬓已稀。
幽冥倘异路，仙府应凄凄。
若欲开口笑，除非相见时。

林语堂曾说：“我爱的人高处云端，爱我的人才在身边。”他的一生中曾爱过三个女子，但陪伴他一生的却是父母为他选择的伴侣。也许在梦魂深处，他依旧会想起大山深处的赖柏英。

那个乡村少女后来嫁给了一个商人，儿女成群，孙辈绕膝，平稳地度过了平凡的一生。他也会想起拥有绝代风华的陈锦端，那个迟迟不肯结婚的女子，那个多年以来依旧不能让他忘情的名门闺秀。然而，她们在他的云端，是他笔下的浪漫，是他梦里的华章。

弃掷今何在，当时且自亲。还将旧时意，怜取眼前人。最终给予你快乐、使你获得安慰的，是那个矢志不渝、始终陪伴你的人。

# 鲁迅：爱情只是两个人的事

不自量也罢，不相当也罢，不合法也罢，
你需要我，我需要你，我们的爱与世人无关。

一次看曹文轩分析鲁迅，一反先生严肃的形象，竟掟出许多有趣的影子来。自问最喜欢的作家沈从文写的能记住的也只有一句：“也许明天回来，也许永远不回来了。”可是先生文中的句子倒是记住不少，而且一听便知道出自哪里，每每见了熟人引用，不由掩口一笑，心领神会。

“我们先前比你们阔多了。”

“其实地上本没有路，走的人多了，也便成了路。”

“我向来不惮以最坏的恶意揣测中国人的。”

“又是乌鸦炸酱面，又是乌鸦炸酱面。”先生的讽刺手法真是前无古人、后无来者，是一种冷幽默。他的影射才能更是让人气也不是笑也不是，竟把顾颉刚拆分成鸟头先生，气得顾说“你在粤等着，我要起诉你”。

先生说：“何必绕那么远，你干脆在浙起诉好了，我就要去杭州。”文人的力量一向不小，但中国长篇小说不是写农民就是写市民，就是因为文化阶层的人比较难以把握，不好写，好的也就一部《围城》了。谁都知道方鸿渐比陈奂生复杂——说到方鸿渐，不得不笑他刚回国被请去学校演讲那一段。

## 这世界，他厌恶，也深爱

这是一个复杂且有趣的阶层，盘根错节，你来我往，不做出点“出格”的事情来似乎就不被人关注，而“出格”的事情又好像成了文人的专利。

比如郁达夫更有意思，好诗好句把王映霞娶回家，“神经质”就开始了，竟批量在报纸上报道与其妻不和的事实，气得王映霞回了娘家，写了一段澄清的文字，可哪里是郁达夫的对手？如果这些事情放在普通人身上就是恶俗不堪，但放到文人身上就成了趣事，艺术家总是容易被原谅，其原因就如林黛玉所说的：“我为的是我的心啊！”

兴之所至，“恶”也“恶”得可爱了。

当然，我没有半点贬厌的意思，只是把大师们拉到生活中来，因为喜欢，硬要做朋友。

只可惜没赶上鲁迅跟林语堂那场大战。先生好像仇人不少，记得施蛰存因为给学生开的书单上有古文（那时候先生倡导白话文），就被封杀。那时候先生威风，不好惹，一张书单一个作家的命运也就尽了。后来施蛰存只说了一句：“鲁迅不读古文？不读古文他的文章能写这么好？”先生文章不错，先生品格更没的说，只是先生是否太偏激了，不过如果不偏激，怎能写出那么尖锐的文字？可见，事物环环相套，不能苛求完美，沈从文营造诗境，张爱玲书写混沌，先生袒露黑暗。

这个世界是他所厌恶的，但也是他所深爱的，不然连写也懒得，现实、黑暗和内心的孤寂让他觉得自己成了毒气。学生李秉中写信向鲁迅先生问计，鲁迅回信说："我自己总觉得我的灵魂里有毒气和鬼，我极憎恶他，想除去他，而不能。我虽然竭力遮蔽着，总还恐怕传染给别人，我之所以对于和我往来较多的人有时不免觉得悲哀者，以此。然而，这些话并非要拒绝你来访问我，不过忽然想到这里，写到这里，随便说说而已。你如果觉得并不如此，或者虽如此而甘心传染，或不怕传染，或自信不至于被传染，那可以只管来，而且敲门也不必如此小心。"

如此问计的人不少，那个时候，尤其是年轻人找不到出路，没有方向，不知道何去何从。许广平也是其中之一。这位浓眉大眼、机灵活泼的女学生热衷于社会活动，喜欢鸣不平，更有疾恶如仇的爽快性格。在她如墨子一样往来奔走至歧路时，内外无援，先生伸出援助之手。

许广平的热情开朗也打开了拘谨僵硬的先生的话匣子。他们一坐便是半天，谈国事，谈理想，谈人生，还谈文学。

长此以往，情愫渐生。

但是鲁迅说："异性，我是爱的，但我一向不敢，因为我自己明白各种缺点，深怕辱没了对手！"他矮小的身材、连绵发作的病体、内心的绝望，最重要的是家中有一个不能离婚的正室。这重重的阻隔——他是再也不相信自己会有爱情了，他的战斗是要成全大多数，而自己，还是算了吧。吃草也没关系，只要挤出来的是牛奶。

虽一味坚强对抗，但内心的凄凉是可想而知的。像他写的："我家门口有两棵树，一棵是枣树，另一棵还是枣树。"这是怎样的孤寂啊！任何一个人，都没有强大到让其心灵永远地自给自足，它需要另一颗心来温暖。鲁迅这杯苦茶也需要点糖分来稀释。他说："醒的时候要免去若干苦痛，中国的老法子就是'骄傲'和'玩世不恭'，我自己觉得我就有这毛病，'苦茶'加糖，其苦之量如故，只是聊胜于无'糖'，但这糖就不容易找到，我不知道在哪里，只好交白卷了。"

只好交白卷了，有无奈，也有决绝，爱情于我是不懂的。

他真的不懂爱情吗？

在爱情的路上，只有对方的呼应才能体现你的爱。没有可爱的人，他的爱情只是无所附着罢了。他倔强的性格使他宁为玉碎不为瓦全，家中的妻是他所不爱的，他需要的是灵魂伴侣。徐志摩也说："我将于茫茫人海中寻找我唯一之灵魂伴侣，得之我幸，不得我命。"他的灵魂伴侣终究不是唯一，此类轻薄浮泛之人找个能谈笑风生，来往几句诗句的女子就够了，但鲁迅不是徐志摩，他的灵魂伴侣不应是呢喃软语、莺歌燕舞、流荡于社交界的名媛，而是能探入他深沉的内心的女子。鲁迅的内心有一种大悲哀，像深夜幽黑的崖底，一般女子望而却步。

她们的爱情甚至可以说没有爱情——她们的婚姻只是物质条件的相较、相依相识的习惯、长时间培养起来的感情而成就的，但鲁迅需要的是精神伴侣。

## 谁来稀释人生的苦茶

可是，当他的精神伴侣到来的时候——

一九二五年端午节，鲁迅请许广平等几位女师大学生及俞芬、俞芳姐妹来家中吃饭。席间酒酣畅谈之际，鲁迅举止也变得轻松自如，“以拳击‘某籍’小姐两名拳骨”，又“案小鬼（许广平）之头”——精神之愉悦，渐渐带来肢体之放松。

先生青春萌动，小女子们还以为他醉了，纷纷出逃。

次日许广平写信予他，诚惶诚恐。

次日上午鲁迅收到许广平的信，遂写了回信，前半赫然是一篇“训词”，反复申辩：“又总之，端午这一天，我并没有醉，也未尝‘想’打人；至于‘哭泣’，乃是小姐们的专门学问，更与我不相干。特此训谕知之！”

可见，两人关系已经相当深厚，一边惶恐分辩，一边又似玩笑地打击着对方。许广平的热情不必说，鲁迅也被这青春气息所感染，如回少年，天真的孩子似的认真起来。如果这种“认真”持续下去，不久就会有情人终成眷属，与常有恋情无二。

然而，鲁迅背负着太多不自由，大概有恨不相逢未娶时的遗憾。太迟了，你来得太迟了，这么多年——此刻，他的内心挣扎又彷徨：“异性，我是爱的，但我一向不敢，因为我自己明白各种缺点，深怕辱没了对手！”他又念起了他的老调。在必须给出的答案面前，鲁迅退无可退，向许广平解剖了自己的种种“旧疴”与“不配”。

一九〇六年，在日本留学的青年鲁迅接到家中一封急电，称其母病重。原来谣传鲁迅已在日本结婚，并看到他携妻在大街上同行。其母为了哄回儿子成婚，叫人炮制了这封电报。关于这桩婚事的内情，鲁迅同族有一位叔叔叫周冠五，写过一篇《我的杂忆》，他说：“鲁母知道我和鲁迅在通信，就叫我写信劝他，我写信后得到鲁迅回信。他说：‘要娶朱安姑娘也行，有两个条件，一要放足，二要进学堂。’安姑娘思想很古板，回答脚已经放不大了，妇女读书不太好，进学堂更不愿意。后来把这情况又告诉鲁迅，结果鲁迅回信很干脆，一口答应了，说几时结婚几时到，于是定局结婚。”

果然，结婚的那一天鲁迅回来了，按照传统习惯，穿上了家人准备好的一身袍子，像牵线木偶一样，要行礼就行礼，要跪拜就跪拜。表面上看，他是自愿的，但实际上受着莫大的委屈。据周家的仆人王鹤照回忆，新婚的第二个晚上鲁迅就睡到书房去了，早晨脸上染了一块蓝色，大约是蒙着被子哭过，新被子上印花的靛青因为泪水的缘故糊在了脸上，鲁迅为此很不快。鲁迅研究专家李允经在其《鲁迅的婚姻与家庭》一书中亦谈到此事。按照旧式惯例，新婚夫妇要去拜祖宗祠堂，这次鲁迅未循旧规。不久，他便抛下新婚妻子，离家赴日，继续留学生涯。他曾对密友许寿裳讲："这是母亲给我的一件礼物，我只能好好地供养它，爱情是我所不知道的。"由此可见他对朱安的态度。

鲁迅从日本回来后，曾在绍兴、南京等地谋职，南京教育部迁到北平后，他随教育部到了北平。当他的经济条件较为宽裕后，便将母亲和朱安都接到了北平。关于他和朱安的生活，曾多次到过其宅第的学生荆有麟提供了一些细节。他根据周家女仆的描述写道："大先生与太太每天只有三句话，早晨太太喊先生起来，先生答应一声'哼'；太太喊先生吃饭，先生又是'哼'；晚上先生睡觉迟，太太睡觉早，太太总要问：门关不关？这时节，先生才有一句简单的话：'关'或者'不关'；要不，是太太向先生要家用钱，先生才会讲着较多的话。如'要多少？'或者顺便问一下，什么东西添买不添买。但这种较长的话，一月之中，不过一两次。"这就是鲁迅的生活状态。

他以为这样会吓退许广平，末了竟质问一句：“为什么还要爱呢？”事实摆在面前，似乎再也没有爱的理由，但许广平用英国诗人勃朗宁的诗来应对，回答得无比干脆：“神未必这样想！”

许广平的坚定和干脆，摧毁着鲁迅犹疑的壁垒，长期的禁欲生涯以及现实主义者的清醒和绝望，让他陷于一种憧憬而焦虑的两难抉择。他从来不写爱情小说，这期间却创作了一生中唯一的《伤逝》，其中弥漫着浓浓的伤感，“人必生活着，爱才有所附丽”，以子君的伤逝和涓生的落寞表达出他对没有附丽的爱情的怀疑与反思，他内心的绝望与虚无。

然而，这样表现所能吓坏的只是明哲保身的小女子，许广平显然不是小女子，不会因此乱了阵脚，她像一阵固执的劲风，吹拂着他看似冷硬实则脆弱的心冰，以一篇《风子是我的爱》喊出了她的爱情宣言：风子是我的爱，于是，我起始握着风子的手。

关于庄子的“相濡以沫不如相忘于江湖”，现在的人用来形容爱情，一个朋友还就此讲了一个故事，一个男孩子因穷困为了让女友过上幸福的日子而弃她。也许她拥有了富足的生活，却失去了爱情，是用太多的伤心交换的。我一直以为，可以退而求其次的爱已经不是爱情，真正的爱情是非如此不可。生活没有钱是艰难的，生活没有爱情同样是痛苦的，她有光鲜的丈夫、可爱的孩子，却始终没有获得爱情，如此，该是悲哀的。所以我觉得那男孩子并非明智，他以为他的牺牲成全了别人，其实是他的牺牲在牺牲着别人。

如此，我更钦佩罗密欧与朱丽叶、梁山伯与祝英台，他们懂得，没有我的日子，你的偷生绝不会快乐，誓死相随；他们的爱情是没有任何外界因素可以阻隔的，父母之命，世俗之理，一切的一切，都是微不足道的。也像杨过和小龙女，杨过说："什么师徒名分，什么名节清规，总之，我不管我，从今天起你再不是我师父，也不再是我姑姑，我要你做我杨过的妻子。"

与此相比，小龙女倒是像庄子，对爱淡然，为爱人牺牲，她以为他可以活下去，他有他的人生，却不想这十六年来，杨过忍受着怎样的痛苦，从他那黯然销魂掌可见一斑，如果没有黄蓉说的那个谎言，他又如何支撑得下去？小龙女是超脱之人，却也并非相忘于江湖，她只要知道他的心，就可以静静地过自己的生活了，记得，并不强求，亦不会再爱其他人了。

相较之下，许广平更像祝英台，固执且任性，为爱奋不顾身。

她说："不自量也罢，不相当也罢，合法也罢，不合法也罢，这都与我们不相干！"

## 我们的爱与世人无关

爱情本来就是两个人的事情，与其他种种本都不相干的，世俗化的人却给自己定下太多条条框框，束缚自己也束缚别人，许广平偏不要这种束缚，为着自己的初心，就算是不自量力，也要飞蛾扑火。

当许广平主动握住了鲁迅的手，鲁迅终于展颜一笑，心冰消融，他对许广平说：“你战胜了！”且明确表示：“我对于名誉、地位，什么都不要，只要枭蛇鬼怪够了。”这所谓的“枭蛇鬼怪”就是许广平。

鲁迅在选择对许广平的爱时，并非没有考虑到朱安的存在。在《热风·随感录四十》中，鲁迅曾写道：“但在女性一方面，本来也没有罪，现在是做了旧习惯的牺牲。我们既然自觉着人类的道德，良心上不肯犯他们少的老的罪，又不能责备异性，也只好陪着做一世牺牲，完结了四千年的旧账。”对被旧道德迫害的女性包括朱安，他是充满怜悯的，他已经准备做一世的牺牲了。

鲁迅的性格中，有几千年文化传统塑造的中国男人妥协的一面（这从《两地书》也可以看出来）。他的悲剧意识已经渗透到他的生活中，所以多有伤感悲叹，他的抗争是文字上的，一个也不宽恕不过是顽劣的怨怼，对于真正光明的追求倒不如许广平来得真切实在。

而张爱玲的《红玫瑰与白玫瑰》更是切中中国男人的软肋，

犹豫不决，摇摆不定，软弱不安，尤其是在读书人身上，已成通病。

既然爱意味着包容，这小小的瑕疵就成了孩童的一项专利，温柔开明的许广平耐心开导先生的忧虑，“你的苦痛，是在为旧社会而牺牲了自己。旧社会留给你痛苦的遗产（这里指朱安），你一面反对这遗产，一面又不敢舍弃这遗产，恐怕一旦摆脱，在旧社会里就难以存身，于是只好甘心做一世农奴，死守这遗产。有时也想另谋生活，苦苦做工，但又怕这生活还要遭人打击，所以更无办法……我们也是人，谁也没有逼我们独来吃苦的权利，我们也没有必须受苦的义务的，得一日尽人事，求生活，即努力做去就是了。”

她指出他要在旧社会里存身只好做一世农奴的想法，接着便反驳了这种想法，表示我们也是人，有人的权利，如何可以甘做农奴呢？她亦不是拼了命的任性，只求尽人事，听天命，努力做去就是了。

当你努力去做的时候，有人就不高兴了。向来鼓吹文明与性解放的二弟周作人说话了，“在爱里只有完成，绝没有牺牲的”。他谴责鲁迅为了自己的私欲牺牲了妻子朱安。

周作人没有弄清概念，有时候爱是不等于婚姻的。在爱里只有完成，鲁迅和朱安是没有爱的，何谈完成？也许有人又要说了：“这就要怪他自己了，没有爱为什么要结婚？”鲁迅结婚是天意弄人，怪不得谁，难道错了那就得一直错下去吗？周作人在这里有点死脑筋，他只看到停妻再娶的现状，就坐不住了。一个反对多妻主义的斗士，“一个社会栋梁高谈女权或社会改革，却照例纳妾”，他说这“未免可笑”，甚至称鲁迅为“动物”——觉得这动物有点变质了……如何得了——却看不到即使鲁迅不娶，朱安也不过是保留着一个妻的空名（这也许更会给她带来负疚感），也看不到鲁迅与许广平之间是纯粹而博大的爱。

通过《两地书》我们可以看到挚爱之美、文化寓意、人性之声，许鲁之恋绝不是周作人所说的那样下作无聊。“周作人对这一世界的领会，其吞吐、敌意的口语，大概是不得其真义的。”他好幻想的品性倒有点像胡兰成，把爱当成艺术，向往“骑士的爱”，而生活的真意，生活着的人与人之间的真爱，他是无法体会了。

我们不喜那宗教的禁欲主义，至于合理的禁欲原是可能，不但因此可以养活纯爱，而且又能孕育梦想，成文艺的种子。我想，欲是本能，爱不是本能，却是艺术，即本于本能而加以调节者。向来的男子多是本能的人；向来的爱只有“骑士的爱”才是爱，一落在家庭里，便多被欲所害了。

接着，一位署名周伯超的人，也大大方方地写信劝诫了。

鲁迅先生：昨与×××诸人同席，二人宣传先生讨姨太太，弃北京之正妻而与女学生发生关系，实为思想落伍者，后学闻之大愤，与之争辩。此事关系先生令名及私德，彼二人时以为笑谈资料，于先生大有不利，望先生作函警戒之。后学为崇拜先生之一人，故敢冒昧陈言，非有私怨于××二人，惟先生察之。

真是爱之深责之切啊！

我是你的偶像，就得做好偶像的本分，可千万别损坏了你心目中那个形象啊，到底是为你自己还是为先生着想呢？但凡粉丝对偶像都有诸多要求，亦舒也是这样要求张爱玲的。

这如许的攻击和不满他们是早料到的，许广平先前即已发表《同行者》，表示不慑于“人世间的冷漠、压迫”，不畏惧卫道士的“猛烈袭击”，“一心一意向着爱的方向奔驰”。

她果然是他的精神伴侣。

其实，此前从许广平参与的各种社会运动就可以看出她是一个慷慨激昂、坚毅勇敢的女子，不愿逆来顺受，亦不安分守己，闹学潮，争独立，不羁的性格让她被杨荫榆冠以“害群”的称号。正是她的这种不“安分”，她的淘气和放肆，让她遇见了她生命中最重要的人——鲁迅先生，并从师生之谊走到旷世之爱。先生说：“其实地上本没有路，走的人多了，也便成了路。”却没说，第一个走这路的人将经受多少磨难。许并非不知道在山间无人行的地方走出一条路来的艰难，在那种传统意识坚如壁垒的不开化的年代，那样唯恐天下不乱的社会舆论，是不会放过他们不同于流俗的爱情的，流言如那个战火纷飞的年代的子弹一样啪啪射来，她不躲，亦不退，而是选择主动出击，像当年争取读书、争取婚姻自由一样来争取个人幸福。

谁说万般皆是命，半点不由人？当看似不可能的事情成为可能的时候，这个世界总会给你一个平衡点。

一九二六年八月，鲁迅受林语堂之邀到厦门大学任教，两人情书往来，鲁迅开始了第二次生命。他不再只是一个斗士，淋漓尽致地展现出性情中极为温柔的一面：

鲁迅两次在信中写道：

我看你的职务太烦剧了，薪水又这么不可靠，衣服又须如此变化，你够用么……你收入这样少，够用么？我希望你通知我。

多么贴心，风花雪月之外，还要生活，一个男人向一个女人提供经济保障，大有“你属于我”的意味。张爱玲说：“能够爱一个人爱到问他拿零用钱的程度，那是严格的实验。你属于我，我自然也是属于你的。伊我相融，最踏实的爱情。”

最踏实的爱情就是柴米油盐。许广平在信中说：

看你在厦大，学生少，又属草创，事多而趣少，如何是好？菜淡不能加盐么？胡椒多吃也不是办法，买罐头补助不好么？火腿总有地方买，不能做来吃么？万勿省钱为要！！！

鲁迅也孩子气地表决心：

听讲的学生倒多起来了，大概有许多是别科的。女生共五人。我决定目不斜视，而且将来永远如此，直到离开了厦门。

他果然目不斜视。自此，他只有她一人。日日夜夜，时时刻刻。

我想，你于二十一二大约该有一封信发出，昨天或今天要到的，然而竟还没有到，所以我等着。

…………

天一黑，我就不到那里去了，就在楼下的草地上了事。此地的生活法，就是如此散漫，真是闻所未闻。我因为多住了几天，渐渐习惯，而且骂来了一些用具，又自买了一些用具，又自雇了一个用人，好得多了，近几天有几个初到的教员，被迎进在一间冷房里，口干则无水，要小便则须旅行，还在“茫茫若丧家之狗”哩。

由于人事的倾轧，鲁迅在厦门大学并不开心，派系斗争，生活艰苦，鲁迅苦闷的内心只有许广平一个出口。他对她产生了极深的依赖，而依赖是感情的基石。没有依赖的关系会让两个人渐行渐远，谁也不需要谁。他是需要她的。

前两天学校将所收的学费分掉了，新教职员得薪水之三成，我收到五十九元四角。听说国庆日以前还可多发一点，然而从中减去了公债票、国库券、北伐慰劳捐等等，则所余亦属无几。总之，所谓主任也者，名目好听，事情繁，收入少，实在为难，不过学学经验、练练脾气，也是好的。从前是气冲牛斗的害马，现在变成童养媳一般，学生都是婆婆小姑，要看她们的脸色做事了。这样子，又那里会有自我的个性，本来的面目。然而回心一想，社会就是这样，我从前太任性了，现今正该多加磨炼，以销尽我的锋芒，那时变成什么，请你监视我就是了。

“请你监视我就是了。”即我把自己交给你了。

一九二七年十月，鲁迅与许广平在上海同居。鲁迅那一年已经四十六岁，但沐浴在爱情中，意气风发。他们的爱情类似萨特与波伏娃，是许广平主动订下的同居契约：“我们以为两性生活，是除了当事人之外，没有任何方面可以束缚，而彼此间在情投意合，以同事一样相待，相亲相敬，互相信任，就不必要有任何的俗套。我们不是一切的旧礼教都要打破吗？所以，假使彼此间某一方面不满意，绝不需要争吵，也用不着法律解决，我自己是准备着始终能自立谋生的，如果遇到没有同住在一起的必要，那么马上各走各的路……”何等气魄，又是何等自信。

中国男人，哪怕坚执如鲁迅，也需要女人为他做决断，为他撑开生活最亮丽的一角。

## 胡适：爱之于我，是智慧的需要

三天两夜，梦里曾经相见。

不知离别苦，犹向天边月，唤娟娟。

台湾学者江勇振曾说：“谈恋爱，光说不练是意淫，像吴宓，只在日记、书信里演练他对女性的爱；又说又练，像徐志摩，是浸淫，是真恋爱；光练不说，像胡适，是真淫。”此论固然奇，却并非没有道理。历来大哲，若非修道士一类，都喜欢女人，也招女人喜欢。歌德曾说：“永恒之女性，引领我们上升。”

胡适在近现代文化史上的影响之大，毋庸置疑，对其学术的研究早已汗牛充栋，但是关于其情史的研究却不多。历来说“情史”如同聊八卦，有挖掘艳闻之嫌，实则不然。情感与意志往往左右着人的生命轨迹，一个人是文明还是野蛮，只需看他如何处理自己的感情就知道了。

## “情圣”的结发之妻和红粉知己

胡适是典型的“情圣”，洛维茨就曾说胡适是她的卡萨诺瓦。卡萨诺瓦便是十八世纪欧洲的情圣。胡适对女性有持久的杀伤力，然而女性对他而言，与其说是情感需求，毋宁说是智慧的需求。他在一九二七年四月十日写给情人韦莲司的一封信中说：

我在天津，在搭火车回北京前还有几小时，我就进了一个旅馆，要了一个房间，准备写点东西。服务员带上房门出去以后，虽然街上的市声和车声从窗中涌入，但我却突然地感到一种奇特的寂寞，这时我才意识到：其实我一向很寂寞，我只是用不断忙碌的工作来麻醉自己，忘掉寂寞……你也许不能全然了解，生活和工作在一个没有高手也没有对手的社会里——一个全是侏儒的社会——是如何地危险！每一个人，包括你的敌人，都盲目地崇拜你。既没有人指导你，也没有人启发你。胜败必须一人承担。

胡适一生最爱交朋友，他的朋友上至各国政要，下至贩夫走卒，就连北平街头拉洋车的车夫也敢说“我的朋友胡适”，某种意义上，这就是在寻找“高手”。金庸武侠小说中的独孤求败一剑纵横天下，孜孜于寻找能与他一决高下的对手，本质上是在寻找知音。

对普通人而言，所谓爱情不过是柴米油盐的另一种表达，只要彼此不反感，就能搭伙过日子，但对于胡适这样的“高手”却不然。杜拉斯说：“爱之于我，不是肌肤之亲，不是一饭一蔬，它是一种不死的欲望，是疲惫生活中的英雄梦想。”胡适渴望“高手”，所谓高手，就是两人要势均力敌，但现实生活往往并不如意。

早在十二岁的时候，他的母亲就为他做主，订了一门婚事。那是一个比他大一岁的裹着小脚的农村姑娘，她的名字叫江冬秀——她将与他共度一生。就像鲁迅的妻子朱安、张恨水的妻子徐大毛一样，这是他们“母亲的礼物”（鲁迅语）。

一九〇四年，胡适与江冬秀订婚后，便赴上海读书。四年之后，江家要求胡适与江冬秀完婚，并请术士择了黄道吉日。其时，在中国公学读书的胡适早已思想大变，并且对这桩婚事十分不满。为了躲避结婚，十六岁的胡适一再推诿，并列举了种种理由，其中一条就是毕业在望，回家完婚会影响学业。

在写给母亲的一封信中，他动之以情、晓之以理地说：“大人素知儿不甘居人下，奈何欲儿以此儿女之私抑儿使居人后乎？”这句话虽能打动母亲，但拗不过江家不断催逼，何况已经择了吉日。胡适对术士之流极其厌恶，他在给母亲的信中说：“大人又何必因此极可杀、极可烹、鸡狗不如之愚人蠢虫瞎子之一言，而以极不愿意、极办不到之事，强迫大人所生所爱之儿子耶？”他一连用了四个“极”字，表达了对婚期的切齿痛恨，简直恨不得把“择婚”的术士千刀万剐，扔进锅里煮了。

当然，以胡适的个性，他不会硬碰硬地与家族对着干，而是退而求其次，希望尽可能地延迟婚期。他在给母亲的信中保证：

“男此次辞婚，并非故意忤逆。实则男断不敢不娶妻，以慰大人之期望。即儿将来得有机会出洋，亦断不敢背吾母私出外洋，不来归娶。”这也许只是一种搪塞，却无意中成了一个誓言。

在一九〇九年的一封家信中，胡适向母亲询问未婚妻江冬秀的识字情况，他在信中说：“实则儿如果欲儿媳读书识字，则他年闺房之中，又未尝不可为执经问字之地，以伉俪而兼师友，又何尝不是一种乐趣？”这封信透露的另一个信息是，胡适仍旧把婚姻寄托在精神对等上，他憧憬的婚姻生活是“伉俪而兼师友”。很显然，他的期望过高了。

一九一〇年，胡适考取了康奈尔大学，在美国留学长达七年时间。在这里他结识了终身女友韦莲司。大约在一九一五年的时候，两人的恋爱发展到了“一日不见如隔三秋”的程度，尤其是当年十月胡适离开韦莲司的家乡绮色佳（伊萨卡）到哥伦比亚大学研究所（位于纽约）念书时，连续写了多封信给韦莲司，其中的一封信中说：“我和你分开已经十天了，在短短的十天里，我有两个晚上梦见了你。”

然而，这一边胡适与韦莲司的感情发展如同蜜里调油，那一边母亲却催着叫他回国完婚。胡母写信说：“外间有一种传说，皆言尔已行别婚。尔岳母心虽不信，然无奈疾病缠绵……

诚恐一朝莫测，双目不瞑。”这封信，简直就是鲁迅留学日本时，鲁迅母亲听人说鲁迅在日本结婚传言的翻版。胡适一方面抛出早年用过的“学业为最大”的理由，另一方面痛斥“已行别婚”是无稽之谈，末了他说自己也不知道什么时候回国。

从一九〇五年胡母催儿子回国始，胡适虽然在信中一再表达了回国的意思，然而春秋更替，行期却一推再推，直到一九一七年十月他才回到上海，最终他接受了母亲为他选择的妻子。普林斯顿大学教授周质平先生是著名的胡适研究专家，他在谈及胡适为何接受这桩婚事时说，是因为他（胡适）不忍伤害两个女人——他母亲和江冬秀的心。

那么，胡适和韦莲司怎么办呢？台湾学者江勇振认为，胡适在美留学时与韦莲司虽然有情，却未恋。胡适曾将自己和未婚妻的故事讲给韦莲司听，并告诉了她自己的婚事。韦莲司对胡适来说，似乎仅仅是一个知心朋友，但当胡适离美回国成婚时，她感到了深深的失落。这时候她才意识到，自己已经不可救药地爱上了这个来自东方的儒雅男子。

胡适在美国时，曾经与助教博格特谈论过婚姻家庭，二人得出的一致结论是：世间难得有思想上相匹敌的夫妻。他在一篇日记中表达了相似的观点，他说：“智识上之伴侣，不可得之家庭，犹可得之于友朋。”也许正是因为在夫妻感情上不够协调，所以他便在朋友中间寻求思想层次的共鸣，而历史赋予了他这个机会。

## 我最恨的是平凡，是中庸

回国后，他在北京大学担任教授，结识了创办《新青年》的陈独秀，还有钱玄同、鲁迅、刘半农等一帮人。他们几乎每天都通信，有时候一个人有了想法，写出的信往往传给四五个人看，甚至很快刊登在媒体上。最忙的时候，他一天要接待好几拨人，往往到凌晨还在写文章。当他的文章《文学改良刍议》刊登在《新青年》上时，立刻成了一份纲领性的文件，指明了文化发展的新方向。这时候的胡适，成了当之无愧的新文化运动领袖。从现存的胡适写给陈、钱、鲁、刘等人的信件中，我们可以看到一种"胡适式"的激情，其文字冷静、缜密，通畅明白，蓬勃着一股雄心与力量。那种敢于担当的胸怀，改造当下社会的实践行为都令人为之钦膺。终其一生，他都保持着这种知识分子的社会担当。

胡适是一个精力极其充沛的人，同时又是易于耽溺的人。他深知这种激情的缺点，也知道如何把激情利用好，这样缺点就会成为他的优点。年轻时候的他，曾经迷恋上海的浮华，逛过窑子，也参与赌博。成名之后，他曾沉溺于作诗，痴迷于书，热衷于社会交际，就是交朋友——也可以看作另外一种耽溺。

由于兴趣广，所以导致他精力分散，往往这一件事没有做完，又赶着做下一件事。他最有影响力的作品《中国哲学史大纲》《白话文学史》都只完成了上半部，以至于被黄侃嘲讽为“著作监”。尽管他一再自许在有生之年要完成这两部书，但至死也未能如愿。做研究的时候，他往往发现了另一种有趣的书，就放不下来，从而影响了正在进行的研究。因此，为了免于精力分散，他一再告诫自己要集中精力做完手头的研究，再开始新的兴趣。

对于自己的耽溺，胡适是有深刻认识的，他在一九二一年八月二十六日的日记中写道：

我受感情和想象的冲动大于受伦理的影响。此是外人不易知道的，因为我行的事、做的文章，表面上都像是偏重理性知识方面的，其实我自己知道很不如此。我是一个富于感情和想象力的人，但我不屑表示我的感情，又颇使想象力略成系统……我虽可以过规矩的生活，虽不喜欢那种放浪形骸的生活，虽平时偏向庄重的生活，但我能放肆我自己，有时也能做得很放浪形骸。这一层也很真，但外人很少知道的。我没有嗜好则已，若有嗜好，必然沉溺很深。我自知可以大好色，可以大赌。我对于那种比较严重的生活，如做书读诗，也容易成嗜好，大概也是因为我有这个容易沉溺的弱点，有时我自己觉得也是一点长处。我最恨的是平凡，是中庸。

胡适在“兴趣”方面的沉溺，其实也反映在情感上。包括早期留学美国时，写给未婚妻江冬秀的情诗，也是一种情感上的沉溺。大字不识一筐的江冬秀能够把他信中的字认全已属不易，就别说理解胡适诗歌中的浪漫意境了，但这并不影响胡适在情感世界的驰骋。婚后，他很快就从想象的迷梦中醒来，发生了婚外恋情。在他的情人中，既有性情刚烈的曹诚英，也有宽和理智的韦莲司，还有浪漫聪明的洛维茨……无一例外，他所喜欢的女性都是“智慧系”的。在他的眼里，知识女性是一首诗，是可以吟咏、回味的。他最忙的时候是在北大执教时，他的桌案上往往放着几十种书，书里夹满了写有批注的卡片，桌案的另一边则堆满了需要回复的信函，有的信上编了号，有的信函则回复了一半。就是在这种情况下，他仍旧给远在美国的韦莲司写信，向她报告自己的情况。

一九二二年，精力过度透支的胡适疑似得了心脏病，他向学校请假疗养，之后到杭州去养病，住进了南高峰的烟霞洞，陪伴者中有一个小他十岁的女性——曹诚英。

## 万千心事寄无门

她，曾是他婚礼上的伴娘。而今，她成为他感情世界中最闪亮的星星。

曹诚英在眉眼上，颇似时下当红的韩国影星秋瓷炫，一双杏眼脉脉含情，少时受过良好的文学训练，又思想进步，既满足了胡适“红袖添香夜读书”的闺中梦，思想的步调又能保持一致。当胡适到杭州养病时，时在杭州女子师范学校读书的曹氏立刻来作陪。

曹诚英是胡适三嫂的胞妹，很可能少时他们即见过，但他们真正的相识是在一九一七年胡适的婚礼上，她当时是江冬秀的伴娘。之后胡适在北大教书，爱作诗的她便时常给胡适写信，此时的她，对胡适是仰慕的。但旧式的锁链没放过任何一个人，曹诚英被父母包办嫁给了一个名叫胡冠英的男子，婚后三年未孕，胡家居然准备为胡冠英纳妾。受过新式教育的曹诚英大怒，一气之下离了婚。之后，得二哥曹胜之资助，她才得以到杭州念书。

胡适到杭州养病，正值曹诚英放暑假。他们相携畅游西湖、登翁家山、过龙井寺，赏月、品茶，在烟霞洞里过起了神仙般的日子。胡适称这是他一生中最快乐的日子。《胡适日记》中存留了大量记录，可以略摘几条：

九月十二日，晚上与佩声（曹诚英，字佩声）下棋。

九月十三日，下午与佩声出门看桂花，过翁家山，山中桂花盛开，香气迎人。我们在一个地方喝茶、下棋，讲了一个莫泊桑的故事，到四点半，从原路回烟霞洞。

九月十四日，同佩声到山上，坐一亭中讲莫泊桑小说《遗产》给她听。上午、下午都在此。

九月十九日，与佩声出门，坐树下石上，我和佩声下棋。

九月二十一日，早晨与娟（曹诚英乳名）同看《侠隐记》第二十二回"阿托士夜遇丽人"一段故事，我说这个故事也可以演为一首纪事诗。后来娟遂催促我把这诗写成。

九月二十七日，傍晚与娟同下山，住湖滨旅馆。

胡适是一个十分爱惜羽毛的人，有"考据癖"的他深知自己的日记将来会被人当作"史料"，因而这一段日记显然经过了"处理"，只记录交往而不谈情。但我们从中仍然可以发现他对知音的渴望。他所渴求的爱情，首先是建立在智、识上的。他和曹诚英能够谈莫泊桑，能够谈大仲马，能够就散文与诗歌的翻译进行探讨，并从中找到趣味所在，而江冬秀显然不能。所以，对他而言，曹诚英不只是情人，首先是知音。

胡适与曹诚英在杭州的情事，自然瞒不过其妻江冬秀，遂闹了个鸡飞狗跳。胡适提出离婚，江冬秀便刀杖相加。秀才遇到兵，有理说不清，何况胡适无理。一九三四年，曹诚英赴美留学，就读的正是胡适的母校康奈尔大学，胡适还委托韦莲司代为照顾这位“小表妹”。曹诚英很可能向韦莲司倾吐了自己对胡适的爱，韦莲司这才发现自己并非胡适唯一的红颜知己。不过胡适是一位“忙人”，当曹诚英一九三七年学成归国后，胡适已被任命为驻美大使离开了中国，随着境遇的变化，他已经不可能再与曹诚英有过多接触。

一九四三年，曹诚英托人带给胡适三首词：

虞美人

鱼沉雁断经久时，未悉平安否？万千心事寄无门，此去若能相见说他听。朱颜青鬓都消改，惟剩痴情在。廿年孤苦月华知，一似栖霞楼外数星时。

女冠子·唤娟娟

三天两夜，梦里曾经相见。似当年，风趣毫无损，心情亦旧然。不知离别旧，甘苦不相连。犹向天边月，唤娟娟。

临江仙·昔娟娟

阔别重洋天样远，音书断绝三年，梦魂无赖苦缠绵。芳踪何处是？羞探问人前。身体康健否？起居谁解相怜？归期何事久迟延。也知人已老，无复昔娟娟。

娟娟，是胡适对她的昵称。二十年后，曹诚英依然记得当年他们一起在栖霞楼数星、赏月的情景。

## 有多脱俗，就有多世俗

我们回头再来说韦莲司。除了特别时期之外，在五十年的岁月中，她与胡适之间的联系从未中断。胡适一生中的红颜知己当在十数以上，但是始终未断联系的唯此一人。这是因为，韦莲司是唯一能够在精神上和他势均力敌的人。他对韦莲司的感情不只是爱，还有慕。如果说爱是水，那么慕就是酒。一九一四年，胡适在美国读书期间，曾与韦莲司出去郊游过，他们沿着湖滨散步，谈了三个多小时。胡适在当天的日记中说："以且行且谈，故不觉日之晚也。"韦莲司喜爱艺术，以油画见长，和大多数艺术家一样不修边幅、衣饰马虎。有一次，她居然将头发剪得只有二寸余，对此胡适称之为"狂"，不过他借约翰·密尔的话说，这种狂是一种美德。

胡适一生中，给韦莲司写了大量书信，其中包含相当数量的诗作，但因"爱惜羽毛"之故，其文集中收录的诗作都"此地无银三百两"地加上一些小序，把诗歌的指向弄模糊，企图误导读者（实际上也产生了这种效果）。还是诗人徐志摩看得明白，他一针见血地说："凡适之诗前有序后有跋者，皆可疑，皆将来本传索隐资料。”

前文说过，胡适从美国学成归国后，一直与韦莲司保持着联系，两人之间虽有情感上的碰撞，但似乎一直停留在“形而上”的层面。在之后的十年中，也曾有人向韦莲司求婚，却被其所拒。在分别的日子里，二人虽然不曾见面，但书信往复，早已结为一体。

一九二七年，盛名如日中天的胡适访问美国，此次行程十分短暂，但韦莲司毫不犹豫地吐露了自己的深情。离别后，胡适在给韦莲司的一张明信片上说：“这张明信片到达绮色佳时，我已到了太平洋岸。然而整个大陆也阻挡不了我对绮色佳的魂牵梦萦。”一九三三年九月初，胡适再一次访问美国，尽管日程十分忙碌，但胡适仍然忙里偷闲地去拜访韦莲司。这一次，情感的洪水冲破了堤坝，他们达到了真正的灵肉合一。韦莲司在一封信中说：

你塑造了一个幻象中的女子——亲爱的适，让我们继续穿着这身正式的外衣吧，否则你所喜爱的这个幻象中的女子就会死去。我是如此平凡的一个凡人，一旦你整个了解我的时候，失望会让你伤心的，而在你我之间具有重大意义的激励和启发也将随之死去。（这是一九二七年韦莲司给胡适的一封信中谈及的，此处当为引用，以说明下文中真实的自己。）

（现在）这件正式的外衣已经褪到地板上了——你已经全然地了解了我，胡适——你是不是更喜欢那个幻象中的女子呢？她也许很美妙，但她毕竟是我，那个胸部扁平而又不善于持家的我，那个头脑不清而又不得体的我，是这个我触摸到了你的身体和眼睛。我简直不能相信，你竟爱上了这么一个可怜的东西，然而，你的爱却裹住了我。

毫无疑问，胡适是一个极欲的人，然而他又能把自己的情感限制在一个理性的框架内。在精神上，胡适是一个受过现代思想洗礼的人，然而在表达上，胡适是一个非常传统的人。我们能够从胡适的诗歌中看到他的爱情表达，但在书信中这种表达却并不明确。

对他而言，爱情是诗，是一种独特的意向。

周质平是海外研究胡适成就最高的学者之一，在他整理的胡适写给韦莲司的书信集《不思量自难忘》中，笔者发现胡的信中“抒情”的成分并不多，文字间一如既往地带着强烈的新文化传统，用语十分简单，措辞明确，大部分信件是“事务性”的。他给韦莲司的信，似乎不是在表达爱，而是在探讨、在垂询，在祈盼一种同等力量的回应。似乎无一字谈情，却字字有情。

胡适离开绮色佳是九月十二日，次日他就收到了韦莲司的信：

我整好了我们那个小得可怜的床，我坐在东边向阳的这个窗前……我想要告诉你的都是一些琐事。昨晚我要睡哪个床都觉得很难。我有意地从你的房间走到我的房间。最后，我总不能老靠着门柱子站着啊，我把你床上那条粗重的被子，拿到我的床上。装满了热水瓶就钻进了被子里。让人不解的是，最难堪的时间是早上近六点的时候。

我想念你的身体，我更想念你在此的点点滴滴。我中有你，这个我，渴望着你中有我……你把我评价得过高了——虽然我们有平等理性的对话，但我找不到自己有任何内涵，可以和你相提并论……

无论在精神上多么强大，韦莲司还是一个女人。就像曹诚英一样，韦莲司必须面对胡适的夫人江冬秀的存在，然而她也深知胡适的个性，这个“怕太太协会”的会员是不可能离婚的。既然不能全部得到，做一个精神上的伴侣何妨？她曾对胡适说：“在我一生之中，有一种苦行僧的倾向，对于我自己非常渴望的东西，我宁可全部放弃，也不愿意仅取其中的一小部分。我不知道这是不是幼稚，疏于自制的能力，或者是不文明的。”客观地说，这个说法是极其矛盾的，韦莲司得到的恰恰是胡适的一部分。不过，感情就是如此，不受理性的制约，也没有任何现成的东西可参照，只能按照自己的那条路来走。

也许，这就是宿命。也许，这只是个性使然。

一九三三年九月二十四日，胡适再次去绮色佳拜访韦莲司，尽管这次他们只相处了十几个小时，却度过了一个美好的月夜。多年以后，胡适仍旧对这一晚的月色念念不忘，而韦莲司则在次日的信中说：

胡适，我爱你！我不喜欢悄悄地这么说，我怎么能以此为荣呢？我是个很卑微的人，你应该爱我……要是我们真能完全生活在一起，我们会像两条溪流，奔赴同一山谷。

尽管，她知道他们不可能在一起，她依旧这么说。

笔者没有找到一本胡适和韦莲司专门的通信集，如果有一本包含二人往来信件的书籍，如鲁迅与许广平的《两地书》一般你来我往，则对二人的内心世界会有更加全面和细微的探查。虽然不能从资料的完整性上“还原”二人书信构建的心理世界，但搜集不同资料，我们仍然能够从韦莲司的信中看到一个更加真实的胡适，一个不同的胡适。

谦谦君子，温润如玉。这是大部分人对胡适的认识，现实中的胡适确实如此。然而，一个人在限定的框架内生活得越久，企图冲破这种框架的心理张力就越强。胡适与江冬秀这对夫妻也会因龃龉而吵架，胡适也会暴露出世俗男女不堪的一面，然而，这仍旧不是他的全部。

一个人敢于毫无保留地，把自己的弱点暴露给另一个人，敢于将自己的真面目示人，除了那个人给他安全感之外，还在于那个人能够给他理解。在韦莲司身边，胡适一方面获得了知识与见识上的高度共鸣，另一方面又能够脱下“绅士”的外衣，恣意流露活脱脱的人的一面。韦莲司认为，胡适是一个在感情上容易放纵，容易丧失理性、陷入冲动的人。这和大多数人所了解的胡适完全不一样，然而那可能才是真正的胡适。

究竟谁才是最爱你的人？究竟谁才是你的最爱？

# 郁达夫：一身飘零江湖行

庸常的人，大多能够安稳地度过一生。

英雄或诗人，不是死于正义，就是死于爱情。

郁达夫像极了古龙笔下的人物，任侠、不羁、颓废痴情，所以他的朋友特别多，他的女人也特别多。他身上充满了浪子与诗人的双重气质，赞誉他的朋友说他有一副“真”心肠，诋毁他的人则说他“堕落”，乃至“神经病”。究竟是真心肠，还是神经病，我们不妨去他的世界里走一遭。

## 未曾在深夜痛哭，不足以谈人生

郁达夫爱哭，喝酒喝得高兴他哭，喝得伤心他也哭；爱而不得他哭，爱有所得他也哭。一九二四年的冬天，这个爱哭的男人遇到了另一个爱哭的男人。当时他正在北京大学担任讲师，讲授的是统计学，课程本身枯燥，生活又无聊，因此当时内心十分苦闷。某一天，他接到一个穷文艺青年的求助信，便照着信件上的地址去寻找，结果发现此君住在一个偏僻阴冷的鸡毛小店里，正在啃发了霉的冷馒头，他就是沈从文。郁达夫当即招呼这位湘西来的“北漂”文艺青年一起去下馆子，还点了招牌菜“葱爆羊肉片”，吃饭花费了一元七角大洋，郁达夫拿出五元付账，剩下的钱都给了沈从文。临别时，他见沈从文衣衫单薄，就把自己围着的一条羊毛围巾也给了他，令沈氏大为感动。要知道，郁达夫当时一个月的薪水也才三十块大洋。

请沈从文下馆子回来后，郁达夫痛哭了一场，并写了一篇《给一位文学青年的公开状》，给这位穷困的文艺青年“指明出路”。比之于蚀人心智的鸡汤文，这篇文章一点儿“励志色彩”也没有，倒是具有几分黑色幽默。他认为城市套路深，不如回农村，故而提了三点建议：上策是找些事情干，比如拉洋车、当伙计；中策是弄几个旅费回湖南老家，先和父兄抱头痛哭一场，哭累了可以先睡一天（还能节省饭钱），饿得受不了可以挖野菜根充饥；下策是去做贼。

沈氏当然不可能接受这些建议，只是痛快地哭了一场。

未曾在深夜痛哭过的人，不足以谈论人生。郁、沈可谓至交矣。

郁达夫虽然在文章里给沈从文出了三个“馊主意”，但未必希望他真这么干，他终究还是帮了一点儿小忙，把沈从文介绍给了《晨报副刊》的副主编徐志摩。一九二四年十二月二十二日，沈从文的第一篇文章《一封没有付邮的信》就在该报刊载了，此后他的作品时常被采用，由此踏入了文坛，也打入了北京新文学的圈子。

罗曼·罗兰在《名人传》的序言中说：“人生是艰苦的。在不甘于平庸凡俗的人，那是一场无日无夜的斗争，往往是悲惨的、没有光华的、没有幸福的，在孤独与静寂中展开的斗争。贫穷，日常的烦虑……没有一道欢乐之光，大多数还彼此隔离着，连对患难中的弟兄们的一援手的安慰都没有。”对沈从文而言，郁达夫正是那艰难生活里的一道光、一双援手。实际上，郁达夫的这双援手，曾伸向更多青年。

郁达夫在北京大学执教时，有一次讲完课，他与学生冯至一起逛宣武门外的旧书店，冯至翻阅着一本德文书不肯释手。郁达夫看破了他的心思，向店主问明价格后，掏出钱付了账，回头对冯氏说：“我有事先走了，这本书就送给你吧。”冯至也不忸怩，道谢接受。老师如此至诚，学生也自坦然，民国文人间的这种友情，真有几分魏晋人的风流。

一个暮春的傍晚，天空下着牛毛细雨，诗人冯至和一帮穷朋友在街头与郁达夫不期而遇，郁达夫当即邀请“小朋友”们一起去前门外他熟识的酒馆饮酒。因为是常客，酒保远远一见他的身影，便热情地打招呼。郁达夫与诸人落座后，便呼唤上酒，但当夜的客人非常多，而他们又喝得太快，以至于酒保手忙脚乱。郁达夫嫌上酒太慢，喝得不痛快，因而换了一家酒馆继续喝，席间谈诗论文，指陈时事，酒酣处高声吟诵自己的诗作，引得四近客人频频回头。饮罢出来后，他仍觉不尽兴，又进入下一家酒馆继续喝，就这样换了一家又一家，与一帮年轻的朋友纵酒狂歌，直到子夜时分才罢休。《京尘杂录·长安看花记》中说："仆本恨人，强为排遣，飞鸿踏雪，动留爪痕。"郁达夫与人相交，聚能够推心置腹，散又相忘于江湖，最见其"飞鸿踏雪"的本色。

与郁达夫交好的另一位诗人是孙席珍，他在《怀念郁达夫》一文中说他们是在一九二三年结识的，然而最初的会面却颇具戏剧色彩。那天孙氏急着去报馆上班，心不在焉，走路撞了一个人，错身而过后他才想起道歉，那个人却并不介意。当时，他并未认出那就是郁达夫。后来，他们又在此处相遇，这次孙席珍认出了这位名满天下的诗人，两人聊得十分投机，郁氏当即邀请他赴正阳楼饮酒食蟹。那时，在北京食蟹是件极其奢侈的事情，一只蟹要一个大洋，作为穷学生的孙席珍一个月伙食费才三四元，因而面有难色。郁达夫慷慨地说："此菊黄蟹肥之时，正堪举杯畅饮，偶一为之，又有何妨？"孙席珍被其打动，当即应允。两人到了正阳楼，郁达夫要了二斤绍兴酒、团脐（雌蟹）、尖脐（雄蟹）各两只。孙席珍说："不消这么多。"郁达夫说："要么不吃，要吃，总该吃得痛快些，每人两只，不算多。"孙席珍见却之不恭，只好欣然接受。

席间两人从清代诗人黄景仁谈到英国诗人欧内斯特·道生，兴致极佳，聊兴甚浓，以至酒楼里别的客人都走光了，只剩下他俩。原来不觉间两人已经聊了两个钟头，酒楼都已经打烊了。

这一次聊天，令孙氏终生难忘。《三国志·吴书·程普传》中说：“与周公瑾交，如饮醇醪，不觉自醉。”与郁达夫交往，大约便是这种感觉吧。

## 杯子碰在一起，是梦破碎的声音

有些人自身长得并不漂亮，但他身上有一股热量，像一个爆发的小太阳，吸引他人。听过郁达夫的课的张充和就曾说他不好看，但喜欢听他课的学生很多。郁达夫在北京任教期间，住处特别热闹，大多是青年作家和诗人，刘开渠、沈从文和陈翔鹤是他的常客，有时聊天到夜深，干脆就住下来。郁达夫虽然每月的薪水不过三十元，但发了薪水后经常请这帮朋友下馆子。席间聊的是诗歌，是出路，是青年人的梦想，聊着聊着，便忽然流下清亮的泪水来。

美国作家杰克·凯鲁亚克说：“我一辈子都喜欢跟着让我感觉有兴趣的人，因为在我心目中，真正的人都是疯疯癫癫的，他们热爱生活、爱聊天，不露锋芒地希望拥有一切。他们从不疲倦，从不讲那些平凡的东西。”青年人愿意和他在一起，是因为他有一个不平凡的灵魂。

郁达夫施与的援手，并不限于亲近他的文艺青年，即使是街头不认识的人，他也经常倾囊相济。这种毫无算计的生活，使得这位大教授在北京的冬天买不起一条棉裤。他在《给一位文学青年的公开状》中说："平素不认识的可怜的朋友，或是写信来，或是亲自上我这里来的，很多很多。我……总尽我力量帮助他们。可是我的力量太薄弱了，可怜的朋友太多了，所以结果近来弄得我自家连一条棉裤也没有。这几天来天气变得很冷，我老想买一件外套，但终于没有买成。"实际上，就算是有了棉外套，他也经常没的穿。据凌叔华回忆，她家里经常有文人圈子的聚会，有一次徐志摩、丁西林等人约定请郁达夫来参加，由志摩负责邀请，然而聚会当日，徐志摩却一个人来了。众人问及原因，他笑说郁达夫的棉袍被学生穿走了，太冷了无法出门。众人不由乐了。因为这件被学生穿走的棉袍，还是朋友们前不久集资为他买的呢。故而有人提议，应当再集资给达夫买一件棉袍，丁西林说一件不够，干脆连买三件才好。众人纷纷说好，可是最后谈到钱，大家都认为这是徐志摩的事。志摩尽管连声叫屈，却也并不推卸，在一个大雨漫天的早晨，他赶赴服装店买了一件棉袍送给达夫。谁让他们是朋友呢。

郁达夫好游。他的游，带有几分名士气，但更偏向浪子气。他曾与文朋诗友访名山、游西湖，也像一个下层社会的浪子一般驻足于淫浪气息弥漫的妓寮，栖身于苦雨寒风的破船。

一九二六年十二月三日，学生设宴款待郁达夫，在座的有女作家白薇等人。他在当天的日记里非常详尽地记录了自己的行径。宴会上他饮酒极多，散席已是晚上十点，又与一帮人去看了午夜场电影。从电影院出来，他独自送白薇回家，日记里称“在路上（对白薇）起了危险的幻想”，但白薇对他并无心意，因而虽然与白薇在门口叽叽咕咕交谈了很久，仍然不得入其门径，只好告别作罢。

时间已经很晚了，天空又飘飞着细雨，学校的大门早已关闭，无聊的郁达夫干脆叫了一辆洋车上陈塘一带的妓院去游逛。洋车穿过一个个寂静且陌生的巷子，仿佛行走在幻象中的城市。那些紧闭的门洞幽暗不明，落了雨的石板路亮晶晶的，仿佛通向未知的世界。他到陈塘已经凌晨一点，下等妓寮都关了门，只有一些高级酒楼依旧笙歌不绝，传来打麻将的声音和女子发嗲的娇媚声。

他在雨丝中望着灯火通明的会所以及窗纱背后身段曼妙的女子，但他身上没有带钱，无法进入这些销金窟，因而只得在雨中游荡。夜又深，雨又冷，他终觉一个人不能挨到天明，便叫洋车把自己拉到东堤。东堤一带住着生活更为凄惨的船民（生活在水上的人家），自然也有一些暗娼在船上活动。他向船上的两个年轻妇人借宿，她们建议他叫一个老举（上了年纪的娼妓）来暖被窝，他摇头拒绝了，就这样隔着一道薄薄的舱板和两个妇人同宿了。

夜晚静极了，只有雨水落在江面上的声音，苍茫寂寥。

他吟诵着周邦彦的《少年游》，想起自己未能实现的抱负、自己的爱情，吸着烟卷，拍死了几只蚊子，整夜长吁短叹，就这样苦熬着，直到五点的时候才缓缓入睡。早晨七点的时候，他忽然从凄冷的船篷里醒来，像犯了罪一般逃回学校去了。

## 十步芳草，处处留情

郁达夫的这种浪子般的做派，和他少年时的孤独以及青年时代的苦闷有关，越发地使他的性格里透出一股颓废畸零。

郁达夫四岁的时候，父亲去世了。由于先天不足，又加上营养不良，他经常在病痛中煎熬。大哥郁曼陀和二哥郁养吾都比他年长很多，虽说长兄如父，但毕竟不能替代父亲，他是在多病、孤独的光景中长大的。他自幼聪颖，考入著名的杭州府中学堂念书，但该校学生多为富家子弟，他没有交到投缘的朋友，踽踽独行，成了同学们眼中的“怪物”。

在人群中的孤独，远甚于一个人的孤独。他曾在一篇小说中写道：“在稠人广众之中，感得的这种孤独，倒比一个人在冷清的地方，感得的那种孤独，还更难受。”看看他的同学们，一个个都是兴高采烈地在那里听先生的讲义，只有他一个人身体虽然坐在讲堂里，心思却同飞云一般，在那里作无边无际的空想。实际上，这是他的自况。

一九一三年，郁达夫随长兄郁曼陀赴日本东京留学，次年转学到名古屋第八高等学校读书。在日本，他先后与多名女性陷入了爱恋。一九一七年，他在一家杂货店遇见了后藤隆子，隆子是店主的女儿，当时正帮父母看店。达夫对其一见钟情，视若天人，因而频频往顾。他亲昵地称呼隆子为隆儿，在《赠隆儿两首》中写道：

几年沦落滞西京，千古文章未立名。
人事萧条春梦后，梅花五月又逢卿。

我意怜君君不识，满襟红泪奈卿何。
烟花本是无情物，莫倚箜篌夜半歌。

爱情来得如此之快，然而消散得也快。由于后藤隆子父母的反对，达夫与隆子的恋情后来不了了之。很快，郁达夫又有了新的恋情。据同为留学生的钱潮在《我与郁达夫同学》一文中回忆，一九一八年夏天他从国内返回日本名古屋领取毕业证，到校才知郁达夫已经代他领了毕业证，便去拜访郁达夫，居然看到达夫和一个日本女子同居。郁达夫介绍说这是“雪儿”。雪儿是个寡妇，其死去的丈夫是个军人。郁达夫的日记也印证了这个说法，一九一八年七月二十日日记云：

夜月明，夜膳后与钱某坐檐下作什谈，因告以雪儿身世事。

郁达夫与雪儿相识于一九一七年冬天的东京街头。当时他从名古屋到东京办事，短期逗留，两人一见倾心，此后频频幽会。郁达夫回到名古屋后，雪儿随后也赶了过去，并与郁达夫赁屋同居。然而由于出身、生活习惯、见识的不同，两个人的同居生活并不如意，经常发生争执，甚至大吵。实际上在钱潮来访后不久，他们就分手了，郁达夫其后几天的日记又云：

午前钱潮来，午膳后雪儿大作狂态，予决与之离……

昨夜又与雪儿争，终夜不得安眠，贱民不能以仁爱相待，行当弃之。

在这一年中，这段感情并未给郁达夫带来多少快乐。一九一八年八月十二日，郁达夫给了雪儿一些钱，把她送上汽车，结束了这段恋情。尽管这是一段不愉快的恋情，但分手后郁达夫痛苦不已，他一再地到妓院或酒馆买醉，甚至多年后还不能忘怀。据陈翔鹤《郁达夫回忆琐记》披露，一九二三年他和郁达夫以及其他朋友在北京的酒馆喝酒，看到一个歌女在卖唱，达夫忽然流下大滴大滴的眼泪，随后便闭上眼睛不敢再看，因为那女子颇似雪儿。

多情人往往最无情。

郁达夫曾在小说《沉沦》里说："关于她，她们，不再说别的。一种东西一旦不能忘记，也就再不会被我提起。"他确实抛开了她们，然而在内心深处的某个地方，却又谨慎地存留着她们的影子。

杜拉斯曾说："每当我有了欲望，就有了感情。"

郁达夫和雪儿分手后，很快在名古屋的大松旅馆认识了女服务员梅野，并陷入热恋中，亲切地称这位姑娘为"梅儿"。他在《赠梅儿》一诗中写道：

淡云微月恼方回，花雾层层障不开。
好是春风沉醉夜，半楼帘影锁寒梅。

诗人的爱是如此廉价，春风沉醉夜也罢，半楼帘影也好，并不能真正锁住他的心。他不久就在京都旅舍认识了另一个女侍玉儿，在一九二〇年四月所作的《西京客舍赠玉儿》一诗中写道：

玉儿春病胭脂淡，瘦损东风一夜花。
钟定月沉人不语，两行清泪落琵琶。

类似一夜情般的露水姻缘，大多不能持久，长则几个月，短则数天。他是一个既令女人爱，又令她们恨的、被惯坏了的孩子般的男人，不论是在日本，还是回国后在北京、安庆、武昌等地执教，甚至在南洋抗日期间，依旧是风流韵事不断，但又很难判断他是薄情嗜欲，还是心有痴根。

据易君左回忆，郁达夫在安庆政法学校任教期间，业余时间大多流连于烟花场所。他选妓女有三个奇葩的条件：其一要年龄大，其二要相貌丑，其三要没人爱，概括起来就是又老又丑没人要。有一个名叫海棠花的妓女，就符合郁达夫的要求。照易君左的说法，这个女人额头窄、下巴长、嘴巴大得可容拳，活脱脱一副明太祖朱元璋的相貌。

郁达夫对这位姑娘可谓倾心到了极点，每天都去城门洞里等候，还把每月的工资交给她保管。对郁达夫和海棠花的这种别样情感，易君左的观点颇值得玩味，他说："郁达夫之爱海棠花，绝不是任性纵欲，而是专找那人间最不平的道路去填，人家不要的他要，人家不爱的他就爱，海棠这可怜的女人，是一个穷苦而无告的孤哀的象征，找不到一点爱的萌芽，所以达夫故意标榜三条件而单独选中了她，给残酷冷淡而不公平的人世看看。"就是这样一位海棠姑娘，郁达夫一口气为她写下了三首七律，这在与他交往过的其他女性中亦不多见。

郁达夫除了和学生们谈诗论文，还带着他们逛窑子，这也算是一种对社会的认识。陈翔鹤回忆，郁达夫曾和他们一帮青年朋友多次逛胡同班子，他总是一个班子一个班子地慢慢看、慢慢挑。有时候也到挑中的姑娘屋里坐坐，有时候不挑也不坐，只是游荡。有一次，他对一个姑娘说："让我抱抱吧，我已经五六个月不曾亲近女人了。"那个姑娘便钻进他怀里，然而叫他留宿，他却拒绝了。这使人想到荷兰画家凡·高和妓女们的关系，那种艺术家的畸零和幽微的悲哀，是常人所不能理解的。

郁达夫身上有一些怪癖，不只在女人身上，还在其他一些为人所不经意的地方。他最初到北大执教时，曾对大嫂发誓要戒烟、戒酒、戒色，洗心革面，做一个正经人。然而随着工作的深入，他又陷入了苦闷无聊之中，再度开始饮酒、抽烟，加之嗜欲损坏了身体，精神状态变得更坏。

有一天晚上，他在桌前枯坐了很久，盯着镜子里自己枯黄的面孔，猛然将镜子推到地上摔得粉碎。这面镜子是从意大利进口的，制作极为精美，镶嵌着象牙饰品，是结发之妻孙荃送给他的定情信物。他看着满地碎片，心中懊悔极了，不断地责怪自己，然而那种苦闷感却散于无形。此后，他便陷入这种对"破坏"的迷恋中。

他执教时的薪水是一百元，但教育部经常欠薪，能领到手的实际只有三四十元。他又出手阔绰，经常接济朋友或出入烟花巷，故而完全不够用。有一次陷入经济困顿，他觉得愁苦得不得了，二哥郁养吾寄了五元给他救济，他却拿这钱买了一大包廉价香烟，全部投入火炉之中。结果满屋烟气，呛得他鼻涕、眼泪横流。尽管钱没了，但他脸上痛苦的阴云也散去了。还有一次发了工资，他将钱币统统抛掷在地板上，疯狂地用脚踩踏。房东老太太还以为他的精神病发作了。

另一次“发神经事件”是在安庆教书时，有一天他从一个小巷经过，看到一家杂货店的老板娘颇有风致，便上前搭讪，提出要购买她头上的针和衣襟上的帕子（旧时妇女多随身携带针帕）。

那女人贪财而不避嫌，居然把这两件私人物品卖给了他。他携带针帕回到宿舍后，用针刺破了手指和嘴唇，将血滴在帕子上，放在鼻子下面嗅，一边嗅一边哭，舞之蹈之，同宿舍的其他同事惊诧莫名，皆以为他发病。从现代性心理学的角度分析，这是典型的自虐行为，是通过此种行为达到心理上的满足。

以上这些，还都只是郁氏畸零生活的管窥，其一生中的怪诞行为简直不可胜数。那些与他一起生活的女子，也就是他的伴侣的感受，也就可想而知了。

在爱情上，郁达夫是一个灵魂至上主义者，他曾在《春风沉醉的晚上》中写道：

若有一个美人，能理解我的苦楚，她要我死，我也肯的。若有一个妇人，无论她是美是丑，能真心真意地爱我，我也愿意为她死的。我所要求的就是异性的爱情！苍天呀苍天，我并不要知识，我并不要名誉，我也不要那些无用的金钱，你若能赐我一个伊甸园内的“伊扶”，使她的肉体与心灵，全归我有，我就心满意足了。

谈到郁达夫的婚姻，他的第一任妻子是富阳才女孙荃。一九二〇年，郁达夫奉母命从日本回到老家富阳，与孙氏完婚。郁达夫与孙氏的关系，并非如某些文章里写的那样不谐，客观地说，婚后两人有相当一段时间的蜜月期，孙荃虽是旧式女子，却才情兼具。一九二二年春天，郁达夫告别妻子再赴日本前夜，两人联句填词，颇可看出孙荃之才。

卖花声送外东行

梦里哭君行，疑已天明。（孙）

醒来却喜夜沉沉。（郁）

不是阿侬抛不了，郎太多情。（孙）

无语算邮程，暗自心惊。（郁）

途中千万莫多停，到得胡天安住后，寄个回音。（孙）

照理说，旧式女子有此才者少，郁达夫娶了孙氏，正是闺阁中的知音。事实亦然，在最初的那段日子里，他们之间确实有些相濡以沫的意味。据沈宁在《郁达夫：安庆一中的教员生涯》中记录，十二点下课后，郁达夫中间和朋友们吃饭聚会，之后还要回一趟家。

安庆是个山城，虽然有人力车，但是大家都不坐，郁达夫走路很快，十来分钟就到家了，旋风一样地回家去看太太。这样贴心，照今天的话说也是暖男了。在这段时间，郁达夫的长子龙儿出生，初为人父的郁达夫非常快乐。

其时，他的小说《沉沦》也已出版，虽然褒贬不一，但是销量很好，不菲的稿费大大改善了他们的生活。只有胡适发在《努力周刊》上的一篇评论颇令他沮丧，该文对郁氏及其作品评价很低，几乎令他投江自杀。

## 生怕情多累美人

仗义每多屠狗辈，负心半是读书人。郁达夫执教各地，每多红粉，但终究未曾抛弃孙荃。然而一九二七年一月十四日在上海遇到王映霞，他终究是扯断了结发情。王映霞是浙江杭州人，本姓金，过继给外祖父王二南为孙女，改名王旭，映霞是她的字。

郁达夫对王映霞的追求，不但遭到大哥、大嫂的反对，连创造社的同人也不同意，然而这阻止不了他。在对王映霞的感情上，他有一种甘冒天下之大不韪的气概，他在写给王映霞的一封信中说：

我的爱是无条件的，是可以牺牲一切的，是如猛火电光，非烧尽社会、烧尽己身不可的……现在我所重视的，是热烈的爱，是盲目的爱，是可以牺牲一切、朝不能待夕的爱。此外的一切，在爱的面前，都只有和尘沙一样的价值。

郁达夫的穷追猛打，最终赢得了美人芳心，却也伤透了旧人痴心。

在这件事上，郁达夫与徐志摩可有一比。当郁达夫向孙荃提出离婚的时候，孙氏正怀着身孕，她虽以死相胁，然而也挽不回丈夫的心。当时的文化人，普遍扛着一副旧式的婚姻枷锁，如胡适、鲁迅、徐志摩……胡适虽然与江冬秀相守一生，但在这轮家里的“太阳”之外，另有一轮“月亮”以及明里暗里的不少“小星星”；鲁迅对朱安虽是不离不弃，却是有名无实，让朱安做了一件他的“遗物”；至于徐志摩，则堪称郁达夫的“难兄难弟”。二人在逼着妻子离婚的时候，妻子都怀着身孕，而在离弃之后，她们又独自照顾着他们的儿女，以大地般的胸怀宽容了他们。

郁达夫和王映霞的恋爱，充满了文人的浪漫和想象，就像徐志摩将他和陆小曼的恋爱体验写成《爱眉小札》一样，郁达夫也将自己和王映霞的恋爱经历写进了《日记九种》里，并于一九二七年交北新书局出版。王映霞之于郁达夫，也颇似陆小曼之于徐志摩，只是正如托翁所说："幸福的家庭都是相似的，不幸的家庭却各有各的不幸。"

郁达夫为了实现"采菊东篱下，悠然见南山"的诗人之梦，于一九三三年春天举家迁往杭州，并出巨资购下一片空地，建成别墅"风雨茅庐"。只可惜，神仙眷侣，世外桃源，却挡不住外来的风雨浇漓。

郁达夫与王映霞的关系，一再地使笔者想起菲茨杰拉德与妻子泽尔达·塞瑞，他们是典型的郎才女貌，然而却并非绝配。作家在交际之外是喜欢安静的，至少需要一张安静的书桌，而他们的妻子却无法忍受片刻的冷落，独自（或拉着他们）跑到交际场所去了。

王映霞喜欢热闹，喜欢排场，喜欢与名流政要往来，郁达夫虽仅是一介文人，但名满天下，当时的浙江政要无不以与之攀附为荣，这恰好成了王映霞出入各种交际场所的入场券。

郁达夫的老友、诗人汪静之曾说："王映霞最爱郁达夫带她去认识所有的朋友，专门同人家交际。"据曾经拜访过"风雨茅庐"的日本历史学家增井经夫回忆："（她）漂亮得简直像个电影明星，给我留下深刻的印象。当时她在杭州的社交界是颗明星，而她在席上以主人的身份频频向我敬酒，说‘增井先生，干杯！’时，就把喝干了的酒杯倒转来给我看，确是惯于社交应酬的样子。又有她那深绿色翡翠耳环和手镯，在灯光下摇曳闪烁的情景，至今还很清晰地如在眼前。想起来，那个时候大概是郁先生最幸福的时期吧，一下子就在饭馆里款待十个客人，实在是豪兴不浅。”王映霞自己也曾在其自传里说过，他们“每月开支为大洋二百元，折合白米二十多石，可说是中等以上家庭了。其中一百元用之于吃……我家比鲁迅家吃得好”。其奢侈可见一斑。

“风雨茅庐”建成后，郁达夫实际居住的时间极短，之后便受国民政府福建省主席陈仪的邀请，到福建任职。郁达夫南下闽地，是有原因的，其中一个很大的原因就是夫妻关系出现了裂隙。除了日常的磕磕碰碰之外，引起郁、王冲突的是一封信，据郁达夫的说法，是浙江省教育厅厅长许绍棣写给王映霞的情书。

法国作家杜拉斯曾说：“夫妻之间最真实的东西是背叛；任何一对夫妻，哪怕是最美满的夫妻，都不可能在感情中相互激励。”郁达夫与王映霞的婚姻持续了十二年，最终以相互猜忌和在杂志上互揭短处结束。其中的真与假，大约只有当事人自己知道。后来人的许多判断与演绎，大都是不够严肃，且不厚道的。

一九三八年，郁达夫应新加坡《星洲日报》的邀请前去办刊，之后不久，王映霞带着儿子阳春从福州转道香港到了新加坡。然而，婚姻的裂隙却越来越大。一九三九年三月五日，香港的《大风》杂志刊登了郁达夫的长篇诗歌《毁家诗纪》，将王映霞与许绍棣的“热恋情事”昭告天下。郁达夫的这一行为使婚姻彻底破裂，王映霞随后写了《一封长信的开始》和《请看事实》两篇文章交给《大风》杂志刊登，以驳斥郁达夫的说辞。一时间，夫妻间的龃龉成为人们茶余饭后的谈资，这一对神仙眷侣也被“大风”吹散了，最终二人协议离婚。

一九四〇年五月，早已办完离婚手续的王映霞准备离开新加坡返回国内。据郁达夫的说法，他曾在南天酒楼为之饯行，还写下了《南天酒楼饯别映霞两首》：

自剔银灯照酒卮，旗亭风月惹相思。
忍抛白首名山约，来谱黄衫小玉词。
南国固多红豆子，沈园差似习家池。
山公大醉高阳日，可是伤春为柳枝？

不过，据王映霞的说法，郁达夫并未来送行。则这首诗是否为饯行时之作，就另当别论了。纵然是富春江上的神仙眷侣，也经不住猜忌，猜忌就像一头猛兽，将这段旷世之情撕扯得粉碎。

离婚后的郁达夫，在主持刊物出版的同时，也积极投身于更多的抗日活动中。

一九四五年八月二十九日，抗战已经胜利，郁达夫却被日本宪兵杀害了。关于他的死因，众说纷纭，至今尚无定论。其中一说是叛徒告密，导致他的身份暴露，日本宪兵将他处决。另一说，系游击队所杀。

庸常的人，大多能够安稳地度过一生，寿终正寝。英雄或者诗人，不是死于正义，就是死于爱情。普希金的决斗、谭嗣同的为变法流血，大抵如此。若论感情的一始一终，则郁达夫不是专情之人；若论情深，则非其莫属。

郁达夫的一生是诗人的一生，也是浪游者的一生，青年时游学日本，回国后为生活与理想四处奔波，上海、安庆、北京、杭州、福州、新加坡、印尼……可以说席不暇暖。在风雨弥天、鸡鸣不已的大时代里，他将个人的命运与时代的命运融为一体，用个人的遭际与民族的苦难交错，谱写了一曲荡气回肠的哀歌。

# 邵洵美：我是诗人中的浪子

智慧的尽头是虚无，真正的天才，
往往在现实中并无多少足迹，他们早已毁灭于自身。

二十世纪三十年代的上海，文坛上颇有一些引人注目的英俊小生。邵洵美便是其中之一，不过用英俊来形容，似乎不够准确，说是漂亮更为妥当些。由于历史的原因，尤其是鲁迅先生对邵洵美的贬抑，人们长期忽略了他，甚至遗忘了他的才华和贡献。毫无疑问，邵洵美是一个天才式的人物。天才往往更加易于疏离和厌倦，他们对现实缺乏兴趣，他们留恋的世界是天人之交的精神世界。当庸常的世界无法满足他们的时候，他们就逾越生活的藩篱，去寻找另外的东西。在上则为圣哲，为宗教使徒，为英雄，为诗人，为艺术大师；在下则为浪荡子，为赌徒，为多情兼无情者。当然，也有上、下而集于一身者。

究诸东西史籍，圣哲如孔子，宗教使徒如圣保罗，诗人如李白，艺术大师如莫扎特，皆徘徊在现实的边缘，逆向现实，以天才的叛逆姿态踏入了更为广阔的永恒精神世界。显然，邵洵美身上的这种叛逆性更强烈，呈现出骨子里的驳杂不纯和狂放，因而他的诗作和人生有一种斑斓的美。他的人生，是真正艺术家的一生；他的诗，是真正流淌出来的诗。

## 郎骑竹马来，绕床弄青梅

邵洵美是典型的含着金钥匙出生的人，他的祖父是清末当过台湾巡抚的邵友濂，外祖父是有“中国商父”之称的盛宣怀，父亲是典型的阔少，母亲则是有传统修养的大家闺秀。到了他这一代，虽然已是民国，但两大家族的声望依旧不减。他的大伯父无嗣，由他兼祧，因而拥有两份遗产。生在这样一个显赫的家族，任情使气那是自小养成的底子，说他是纨绔子弟并不为过，但他没有阔少的嘴脸，对朋友肝胆相照，对情人柔肠以待。当然，他也豪赌，也嗜阿芙蓉，也逛堂子，这样才像一个浪荡子。

邵洵美一生中有两段感情、一项事业最为人称道。他的发妻盛佩玉，也就是他的表姐，是他大舅盛昌颐的女儿。一九一六年，外祖父盛宣怀在上海去世，那是一场被历史记住的盛大葬礼，连外国的媒体都刊登了此事。在这次葬礼上，邵洵美第一次见到了表姐盛佩玉，那一年他十岁，盛佩玉十一岁，小儿女最是投缘，便觉似曾相识，就像《红楼梦》里的宝玉和黛玉。

从青梅竹马到情投意合，是古典式的爱情，邵洵美为所爱改名，即可见其用情之深。《诗经·郑风·有女同车》中说：“将翱将翔，佩玉琼琚。彼美孟姜，洵美且都。”为了与盛佩玉的名字联结在一起，他将自己的名字“云龙”改为“洵美”。旧式大家族，为子女取名多翻经典，“云龙”其实也是一个好名字，出自《周易·乾卦》九五爻的爻辞，喻义不凡。但他对家族要求的这种“不凡”似乎不屑一顾，他宁可追随佳人裙裾的一角。

姑舅通婚，是中国的旧传统。一九二五年，邵洵美请母亲向舅家提亲，得到了盛家的许可，不久就与盛佩玉订了婚。佩玉亲手为他织了一件白色的无袖上衣，他则为她写了一首诗相赠。

之后，他赴英国留学，每到一个地方，就选取有当地特点的明信片寄来，每张明信片上都写有表达思念的情诗。他从欧洲归来后，曾将这些诗句整理成册出版，就是《天堂与五月》。在这册诗集的扉页上，印着一行小字：赠给佩玉。扉页题写恋人的名字是西方人的表达方式，近代以来尤为文人们所爱，郁达夫向王映霞表达过，戴望舒向施绛年表达过，但都不及邵洵美的方式来得浪漫和真挚——因为那诗是专门写给她一个人的。

邵洵美在英国剑桥大学伊曼纽尔学院读经济学，却对文学和艺术感兴趣。学校一放假，他就跑到欧洲的艺术之都巴黎去旅行。在那里，他得了一个“活银行”的外号，同在法国留学的徐悲鸿和蒋碧薇都曾得到过他的接济。住在拉丁区的中国留学生日子过得紧巴巴的，发生“经济危机”时大多向他求救，他从不推诿。李白曾说：“千金散尽还复来。”

诗人多金，真是美事。

邵洵美在回忆留学生活时曾说：“有一个大清早，有人打房门把我叫醒，进来了一个完全陌生的青年。他先对我说他怎般地仰慕我，又说他怎般地刻苦求学，最后竟说他是由公使馆介绍来向我借钱的。这种借钱的论调实在太奇怪了，可是我一方面却被这种不可能的谎言所迷醉，终于送了他二百法郎，又称赞了一番他说话的艺术。送掉了这二百法郎，自己当然把它当故事来讲。不到三天，住在拉丁区的留学生几乎全知道了，我自己便为自己取了个诨号叫‘二百法郎富翁’。”

## 徐邵“双璧”，倾盖如故

邵洵美到了巴黎真可以说是到了天堂，在这里他结识了一大帮热爱艺术的年轻人，谢寿康、徐悲鸿、张道藩、蒋碧薇都成了他的好朋友。当然，对他影响最大的那个人还是徐志摩。他俩长得太像了，无论是气质，还是行止。据说塞纳河左岸的卖书老人曾拉住他，问他是否姓徐，因为有个姓徐的中国人曾说要翻译《拜伦全集》。当然，在欧洲人眼里，也许中国人都长得一个样。

据说，徐悲鸿等人第一次见到邵洵美，惊诧于他与徐志摩太像了。邵洵美认为，这一定是天意要让自己和志摩在一起。巧合的是，过了几天二人竟然在大街上偶遇。徐志摩一见到他，就高兴地说：“弟弟，我找得你好苦！”显然，朋友们在他面前谈及邵洵美，几乎使他耳朵起了茧，所以一见就认了出来。邵洵美也喜欢这位朋友，有时候简直到了亦步亦趋的程度。

徐志摩的新月书店办不下去了，他立刻接手。徐志摩在光华大学教书时，因故不能如期上课，他就跑去当代课老师。徐志摩和陆小曼结缡，他专门画了一幅画，一个杯子、一个壶，画上题字：“一个茶壶，一个茶杯，一个志摩，一个小曼。”寓意他们像壶与杯一样谁也离不开谁。他是一个典型的顽童式的人物，有他在，总有欢笑。

有一次，文艺界的朋友在徐志摩家聚会，诗人作诗，画家画画，邵洵美也画了一幅画。画中这个人像徐志摩，又像邵洵美，却没有邵洵美式的胡子，也没有徐志摩那一副眼镜。他在画上题词：“长鼻子长脸，没有眼镜亦没有胡须。小曼你看，是我，还是你的丈夫？”结果，朋友们都被逗得哈哈大笑。

尽管当时的人把邵洵美和徐志摩称作“文坛双璧”，周劭却说：“玉树临风，人称‘双璧’，洵美似乎比戴眼镜的志摩更漂亮一些。”与邵洵美有往来的文学评论家张若谷则说得更加具体些，他说：“（邵洵美）脸儿生得特别地清癯狭长，衬以隆准的鼻子，确是唯一的特征。上唇留有微髭，两颊有淡青色胡痕，乌黑的长发，不加梳理很整齐地覆披头额。一对流利眼睛好像放在白玉盘里的黑葡萄。那两耳旁的垂下的鬓发，陪衬出他一副清秀的容貌，露着一种与人很亲热的表情，活像《波西米亚人》中画家罗道夫的模样。”

邵洵美的情人项美丽有一篇小说叫作《太阳的脚步》，里面有个叫“云龙”的人物，其原型就是邵洵美。她以更近的视角描述了他的神采，她说：“他的头发柔滑如丝，黑油油的，跟其他男人那一头硬毛刷不可同日而语。当他不笑不语时，那张象牙色的面孔是近乎完美的椭圆形。不过当你看到了那双眼睛，就会觉得那才是真的完美，顾盼之中，光彩照人。他的面孔近乎苍白，在那双飞翅似的面目下张扬。造物主从他高挺的鼻梁处起刀，然后在眼窝处轻轻一扫，就出来一副古埃及雕塑似的造型。下巴却是尖削出来的，一抹古拙的颊髭比照出嘴唇的柔软和嘴角的峭厉。下巴上那一撮小胡子，则好像是对青春少俊的一个俏皮嘲讽。静止不动时，这张面孔纯真得不可思议，不过，他很少静止不动。”这简直就是雕塑大师沉思熟虑的作品，当然这样的描述也有情人眼里出“西施”的成分。

## 当时只道是寻常

和他的父亲一样，邵洵美是个浪荡子，他的妻子却是一个典型的大家闺秀。一九二七年一月十五日，邵洵美与盛佩玉喜结连理，婚礼是在上海最著名的卡尔登饭店举行的，参加婚礼的有郁达夫、徐志摩、陆小曼、刘海粟、钱瘦铁等诸多名人，连落拓不羁的大名士袁克文也叫人送来了贺礼。《上海画报》将二人的婚纱照刊登在封面上，并刊出说明性文字："留英文学家邵洵美与盛四公子侄女佩玉女士新婚俪影。"邵洵美与盛佩玉结婚，杂志上不提邵、盛二人的父母，却偏偏提起盛佩玉的四叔盛恩颐，颇耐人寻味。

原来，盛四公子是盛家产业的代表，这位盛四公子时任汉冶萍公司总经理，这是一个涉及钢铁、矿业、铁路等诸多龙头型行业的掌门人，同时也是一个超级败家子。盛恩颐好抽大烟，以在烟榻上处理公务出名，他还好赌，曾一夜之间将几条街的房产输给另一阔少卢小嘉。这个封面，堪与今日的娱乐杂志一比，颇具娱乐性。而《申报》刊出的新闻，则更加博人眼球，文曰："文学家邵洵美君，为邵月如先生令嗣，富有天才，有诗集，为艺林推重，兼擅美术，绘画倾向于欧洲表现派，新颖含诗趣。月之十五日，与盛杏荪孙女盛佩玉女士，在卡尔登行结婚礼，由马相伯证婚。翌日在静安寺本宅喜宴，贺客盈门。"其中所说的"盛杏荪"就是盛宣怀，直接挑明了这桩婚事关联的那位大人物，尽管早已去世，仍旧在民间有巨大影响力。

据说，盛佩玉和邵洵美婚前曾约法三章：其一，不准抽大烟；其二，不准赌博；其三，不准有别的女人。然而，所有的规则，从制订的那一刻开始，就是用来被打破的，就像所有的围墙，被竖立起来时，就意味着有被翻越的可能。盛佩玉是大家族长大的女子，看惯了大家族男人们的行径，见识了一个家族的兴衰。盛家的阔少爷们，尤其是盛佩玉的叔叔们，几乎都是败家子，有豪赌输光全部家产的，有纳一大群小妾的，有抽大烟散尽家财睡大街的……她自认为，她能够把握住这个男人，只要他干的是正途，不赌不嫖不抽，她就支持。她在晚年的一段回忆中谈及婚后十年说：

这十年里自以为聪明的我，算了一下经济账，从来没有盈亏相抵这种事。由于洵美的花样多，而我每次听到他提出的要求，只要是光明正大、合情合理的事要花笔钱，我总会全盘接受。若我同意了，从不显难色，爽爽快快帮他，让他去办事。我不看重钱，故不会为钱去盘算，大概我太无用吧！心中何尝不急！自己这些钱如数用完了，洵美也就向银行透支，结账时非还清不可。

这时他和我商量，移东补西的办法，只有将我的首饰拿到当铺去作押，以后便可再透支，也可能会赎回来的。也只有采用这方法了！只是我的东西第一次进当铺的门。凡人总有虚荣之心，而且在娘家面上要扎面子的，所以我担心，希望娘家不要在这关键时刻来请帖邀我赴宴，否则我没有贵重首饰可戴！

让我们看看邵洵美是怎么花钱的。他对妻子说：“我要开办金屋书店。”盛佩玉说：“办吧。”他说：“我要成立上海时代图书公司。”盛佩玉说：“好。”他说：“我要把别人办不下去的《狮吼》杂志接过来办。”盛佩玉说：“你愿意接手，就接手好了。”他说：“徐志摩和胡适的新月书店办不下去了，我打算关掉金屋书店，去帮着办新月。”盛佩玉说：“既是正经营生，你去帮办吧。”

比起叔叔们抽大烟、逛窑子、豪赌，邵洵美办杂志确实走的是正途。就这样，邵洵美一口气创办或接手了《时代画报》《时代漫画》《时代电影》《文学时代》《万象》月刊、《论语》半月刊、《十日谈》旬刊、《人言》周刊、《声色画报》。这些杂志的出版，从稿酬到印装，统统是邵洵美出钱，杂志出版最密集的时候，差不多每隔五天就有两种杂志面世。

那时候的他，事业如日中天。

他创立的上海时代图书公司是二十世纪三十年代上海最大的出版机构之一。上海的文人，不论是“左翼”阵营的鲁迅、郁达夫、夏衍、丁玲，还是“新月派”的胡适、徐志摩、梁实秋、沈从文都与他有交往。邵洵美是出了名的爱交朋友，邵家位于上海淮海中路的家几乎夜夜不熄灯。他家的客厅每天晚上都有人谈到天亮，他家几乎每天晚上都做两桌饭，一桌邵家人吃，另一桌招待朋友，施蛰存、孙大雨、徐迟、钱锺书、章克标、徐悲鸿都在他们家用过餐。就连一向不大理人的张爱玲（张家与邵家实际为世交），也拜访过邵洵美的客厅，张爱玲笔下的向璟，钱锺书笔下的赵辛楣，都有邵洵美的影子。

为了印制出最精美的画报，装订出最精致的书籍，邵洵美从德国引进全套的影写版印刷机。这套设备里最大的印刷机有两层楼那么高，是当时世界上最先进的印刷设备。中华人民共和国成立后这套设备归了国家，直到二十世纪七十年代还在使用，并印制过精美的《人民画报》。李欧梵在《上海摩登》中谈及邵洵美时说："他似乎有无穷的精力、时间、文学天赋和金钱。"

邵洵美经常挂在嘴边的一句话是"钞票用得光，交情用不光"，颇有外祖父盛宣怀的胸襟。作家夏衍从日本留学归来，暂时没有容身之地，便托人将译稿《北美印象记》（日本作家厨川白村作品）送至邵处，冀以出版。邵洵美连稿子都还未看，就先支出五百大洋。叶浅予创办《时代漫画》，资金周转不灵，邵洵美当即慷慨支持。徐志摩和胡适等人办的《新月》刊登批评国民政府的文章，被书报检查机关扣住，邵洵美出面打通关节，使杂志照常发行。沈从文送丁玲母子回湖南老家，邵洵美拿出一千元大洋作为盘缠，并声明此系朋友之义，不必偿还……像这样的事还有很多，简直不胜枚举。所以，朋友们称他为"孟尝君"。

因为办出版，因为好交朋友，所以便有了那幅著名的《文坛茶话图》。这是著名漫画家鲁少飞创作的一幅漫画，刊登在一九三六年的《文艺画报》上。画中围桌或坐或立者二十三人，外围尚有数人，墙上则挂着古今中外作家的画像。据了解文坛掌故的人指证，这幅画中有鲁迅、巴金、茅盾、洪深、郁达夫、施蛰存、老舍、张资平、冰心、白薇、叶灵凤、林语堂、傅东华、周作人、郑振铎、沈从文、张天翼、鲁彦、凌叔华、徐霞村、穆时英、刘呐鸥、杜衡、田汉、丁玲等多人，其中正中一把“交椅”上，便是邵洵美，真有一种带头大哥的韵味。当然，对于这幅画，各人的反应不一。不知鲁迅是否知道这幅画，若是知道大约要讽刺一番，因为这幅画中和他有“过节”的人实在不少。

邵洵美与鲁迅的相识与交恶，是一件非常遗憾的事情。

一九三三年二月十七日清晨，萧伯纳乘坐“不列颠皇后号”轮船从香港抵达上海。中国文化名流鲁迅、林语堂、杨杏佛等人与之会晤，在这次会晤上，邵洵美首次见到鲁迅。会晤后，上海的天空下起了牛毛细雨，鲁迅站在屋檐下等车，因为冷，脸色有点发青，邵洵美请他上自己的专车，送他回家。可以说，最初鲁迅对邵洵美是颇有好感的，他在《看萧和“看萧的人们”记》中称邵洵美为“有美男子之誉的邵洵美”。

不过，邵洵美和鲁迅显然并非一路人。邵氏当年八月在自己办的杂志上发表了一篇文章，题曰《文人无行》，不知怎么触怒了鲁迅，立刻引来一阵炮轰。鲁迅连续写了《各种捐班》《登龙术拾遗》《帮闲法发隐》三篇文章，其中《登龙术拾遗》中对邵洵美的影射，几乎成为后世对邵洵美的定论。他在该文中说：“要登文坛，须阔太太，遗产必需，官司莫怕。穷小子想爬上文坛去，有时虽然会侥幸，终究是很费力气的；做些随笔或茶话之类，或者也能够捞几文钱，但究竟随人俯仰。最好是有富岳家，有阔太太，用陪嫁钱，作文学资本，笑骂随他笑骂，恶作我自印之。”鲁迅的这篇文章，是后人将邵洵美视作“穷小子”攀上“富岳家”的证据，真是冤枉了他。

照理说，邵洵美继承了伯父和父亲两份遗产，妻子盛佩玉又带来大批嫁妆，按鲁迅先生的说法，他应该过的是“阔人”的日子才对，但事实不然。由于毫不节制地干“赔本生意”，他经常过的是穷酸日子。盛佩玉虽出身于大家族，但拥有良好的教养，对于丈夫干的“赔本生意”，她不愠不怒，而是精打细算，竭力使丈夫和孩子免于冻馁。日军占领上海后，邵洵美的生意丧失殆尽，盛佩玉在谈及当时的生活时说：

洵美和我过的日子是穷而又烦躁的。生病！添孩子！弄得他脑子不得安静。古话说，穷而后工。可是他笔也懒得动了，日常无所事事，坐着抽烟，香烟抽到板烟，我们过的日子好像在等待着什么。其实他是一筹莫展、愁闷在心，才会这样子的。

邵洵美是公子哥出身，哪里懂得油盐酱醋茶的得来不易？

盛佩玉曾与之约定：不可抽大烟，不可赌钱，但他抽了、赌了。他的抽和赌，带有一种颓废的气息，似乎是故意为之，又好像是标新立异。他与瘾君子不同，抽大烟只是浅尝辄止；他也不是赌鬼，输了几回，放几句豪言，也就罢了。

他的抽和赌，大约并不会为人们所记住，人们记住的是他的诗。那是一种带着强烈的、颓废的破坏力的东西，仿佛是用恶魔的视角写出来的。很大程度上，他受过西方颓废主义的影响，这是中国文学里没有的东西，因此便为中国的文人所不喜。他的颓废风格的诗收集在《花一般的罪恶》中，这个标题很可能受到波德莱尔《恶之花》的影响。我们不妨看几节他的诗：

那树帐内草褥上的甘露，
正像新婚夜处女的蜜泪；
又如淫妇上下体的沸汗，
能使多少灵魂日夜迷醉。

仅仅只是四句，就透露出一种淫靡的气氛。同样在《颓加荡的爱》这首诗中，也具有类似特点：

睡在天床的白云，
伴着他的并不是他的恋人。

许是快乐的怂恿吧，
他们竟也拥抱了紧紧亲吻。
啊，和这朵交合了，
又去和那一朵缠绵地厮混。
在这音韵的色彩里，
便如此吓消灭了他的灵魂。

这样的诗句，真有惊世骇俗的力量。然而，还是他的朋友更了解他，沈从文就曾说邵洵美的诗：“赞美生，赞美爱，然而显出唯美派的人生的享乐，对现世的夸张的贪恋，对于现世又仍然看到空虚。”

## 人生若只如初见

邵洵美也流连于欢场，但大多属于逢场作戏。如果不是遇到项美丽，他至少能做到妻子所立的“约法三章”中的其中一条。项美丽现译为艾米莉·哈恩（Emily Hahn），是一名美国女记者，是《纽约客》杂志的撰稿人。她与邵洵美相识于一九三五年五月，两人在上海兰心大戏院一见钟情，“项美丽”这个名字就是他起的。她惊讶于邵洵美那完美的诗人外形，尤其是他“希腊式完美的鼻子”，简直像出自雕塑大师之手。上海是亚洲当时最繁华的都市，邵洵美带着她见识了中国式的生活，尤其是中国社会的种种现状。项美丽最著名的小说叫《大烟》，就与邵洵美带给她的体验有关。

一九三七年八月十四日，日军进攻上海。邵洵美带着家人急忙逃离杨树浦的家，躲进法租界的霞飞路，从而与项美丽成了邻居。关于这次逃难，邵洵美的女儿邵绡红在《我的爸爸邵洵美》中说："我家逃难来租界，许多家当都留在杨树浦。妈妈叨念的是孩子们的衣裳没带全，得一一重做；爸爸揪心的是失去了那么多心爱的书，更糟糕的是那台德国进口的影写版印刷机还在日占区，逃难时只带出这套设备最关键的一块网线板。"

这时候，项美丽显露出西方女性特有的胆识，她凭借自己外国记者的身份，很快就搞到一张特别通行证，并雇佣了一辆大卡车和十来个俄国搬运工，还把一面美国国旗插在汽车上，亲自带着人去搬运那些印刷器材。往返十多次，完好无损地将那巨大的机器从日占区抢了出来，甚至连邵洵美珍爱的书籍、盛佩玉念叨的衣物也没有落下。

项美丽在《我的中国》一书中写道："要是他们知道厂主是中国人，亦即日本的敌人的话，洵美的印刷厂就会遭到日本人没收。所以我们签署了一份文件（指与邵），说我早在一年前就买下了这工厂。这事全靠一名叫马尔柯姆·史密斯的警察帮忙。当我一次两次帮洵美运家产时，他还派了名警察陪我。"

晚年的盛佩玉写过一本回忆录，在这本回忆录里，她对项美丽几乎是避而不谈，写到的内容很少，但是这件事却写得很详细，她说项美丽从日占区抢出来的印刷器材“连一个螺丝钉也不缺”。为了表示对这位异国女子的感谢，盛佩玉送给她一个大翡翠戒指作为谢礼。至于丈夫与项美丽的关系，她是很清楚的，然而她保持了东方式女性的尊严。对项美丽来说，邵洵美对她并不避讳谈自己的妻子，甚至经常谈到，这使她陷入深深的痛苦中，她爱这个人，越陷越深，但她知道他是不可能离婚的。

日占时期的上海，邵洵美照样办杂志，但为了免于日本人的纠缠，发行人挂着项美丽的名字。这段时期他办的两份刊物是《自由谭》和《直言评论》。《直言评论》是一份英文刊物，上面最早刊登了毛泽东的《论持久战》。这两份刊物并没有出多少期，因引起了日本人的关注，不久就被查封了。

在邵洵美与项美丽比邻而居的日子，项美丽甚至和盛佩玉成了好朋友，邵家的孩子们对项美丽也颇为亲近。有一次盛佩玉发现丈夫和项美丽处于内室，便十分生气地推门而入，结果发现两人卧于烟榻，正在吞云吐雾，这真是令她啼笑皆非。实际上，盛佩玉曾允许邵洵美和项美丽结婚，两人也确实订立了一纸婚约。只是，因着邵洵美的浪子心态，这事实际上沦为了一个游戏。他的放荡不羁、离经叛道，由此可见。

在邵洵美的帮助下，项美丽曾到香港和重庆成功地采访了宋美龄，并写出了令她声名大噪的《宋氏三姐妹》一书。项美丽在香港时，认识了英国人查尔斯并陷入热恋，但就在他们的女儿出生后不久，日军占领了香港，他们一家被视作英国侨民关进了集中营。项美丽也真不愧是一个泼辣的女人，竟然翻出自己和邵洵美的“结婚证明”和邵氏的一张照片，说自己是中国人的妻子。日本人居然信了，把她和女儿释放了。

抗战胜利后，项美丽和查尔斯结婚并居住在美国。邵洵美有一次赴美，去拜访了项美丽，故人相见，感慨万千。他和项美丽的丈夫查尔斯谈了很多，查尔斯突然一本正经地说：“邵先生，您这位太太我代为保管了几年，现在应当奉还了。”邵洵美不假思索地答道：“我还没有安排好，还得请您继续保管下去。”话音一落，三个人都大笑起来。

邵洵美晚景特别凄凉，颇像一幕大剧的哀伤落幕。他的一生曾经投入深情，也曾叛逆于这深情。他极富才华，诗歌《蛇》是中国文学里罕有的作品，然而他似乎并不在意自己的才华。他恣意地挥霍着，仿佛是拿着一大把珍珠，闲抛闲掷，扔进了枯藤与流水中。他善于画、善于诗，然而对他而言，这不过是智慧的副产品。智慧的尽头是虚无，人情、文章、嗜好，乃至出版事业这种事功，甚至他的爱情，其实都是对智慧的消解。真正的天才人物，在现实中可能并无多少足迹，他们早早地毁灭于自身。

# 戴望舒：我的浪漫你看不见

我的恋人是羞涩的，有着桃色的脸庞，

桃色的双唇，和一颗天青色的心。

曹聚仁曾说："诗人住在历史上，是神人，飘飘欲仙的；但住在你家隔壁，那就是疯子。"

要是生活在一起呢？大概就像拥抱疯子吧。

大多数人往往把艺术家和他们的作品等同起来，以作品中的形象来衡量它的创作者，事实却不然。常人所理解的浪漫，大约与诗人的浪漫是有区别的。诗人的真实生活，可能并没有浪漫的存在，至少表现得并不浪漫。像影视剧里那般风流倜傥、姿态翩然，时常能给人意外惊喜的艺术家，只能算是一种"神话"。真正的诗人在作品里演绎着爱，燃烧着他们内心蓬勃的火焰，然而在现实中总不免令人"失望"。

### 我永远不能对你说出她的名字

一九二七年二月，戴望舒因参与革命宣传曾被拘留，"四一二"政变时为了躲避搜捕，到上海松江的好友施蛰存家中避难，结识了施蛰存的妹妹施绛年，她是他的初恋。

当时，戴望舒二十二岁，施绛年十七岁，两个人都是如花一般的年纪。性格开朗、面容娇媚的少女一下子牵引住了诗人的心，他爱上了她。由于天天见面，加之戴望舒与施蛰存关系好得几乎能一个鼻孔出气，所以对施绛年而言，戴望舒也如同哥哥一般亲近。可以说，最初的时光，戴望舒与施绛年的关系是十分亲密、默契的。

爱令人陶醉，也激发了诗人的灵感，戴望舒写下了一系列献给女友的诗歌，如《我的恋人》：

我将对你说，我的恋人，
我的恋人是一个羞涩的人，
她是羞涩的，有着桃色的脸，
桃色的嘴唇，和一颗天青色的心。
她有黑色的大眼睛，
那不敢凝看我的黑色的大眼睛——
不是不敢，那是因为她是羞涩的，
而当我依在她胸头的时候，
你可以说她的眼睛是变换了颜色，
天青的颜色，她的心的颜色。
她有纤纤的手，
它会在我烦忧的时候安抚我，

她有清朗而爱娇的声音，
那是只向我说着温柔的，
温柔到消融了我的心的话的。
她是一个静娴的少女，
她知道如何爱一个爱她的人，
但是我永远不能对你说她的名字，
因为她是一个羞涩的恋人。

他们经常挽着彼此的手臂，在市井间穿梭，或者在林间散步。调皮的施绛年有时候会主动吻一下戴望舒，有时候又逃得远远的。《林下的小语》一诗未必写实，但我们还是能从中看出恋爱的迷离意味：

走进幽暗的树林里，
人们在心头感到寒冷。
亲爱的，在心头你也感到寒冷吗，
当你在我的怀里，
而我们的唇又粘着的时候？

不要微笑，亲爱的：
啼泣一些是温柔的，

啼泣吧，亲爱的，啼泣在我的膝上，
在我的胸头，在我的颈边：
啼泣不是一个短促的欢乐。

“追随你到世界的尽头”，
你固执地这样说着吗？
你在戏谑吧！你去追平原的天风吧！
我呢，我是比天风更轻，更轻，
是你永远追随不到的。

哦，不要请求我的无用心了！
你到山上去觅珊瑚吧，
你到海底去觅花枝吧；
什么是我们的好时光的纪念吗？
在这里，亲爱的，在这里，
这沉哀的，这绛色的沉哀。

诗歌的色调并不明快。从一开始这就是一场不对等的感情，尽管戴望舒对施小姐一往情深，深陷其中，但是施绛年从未热烈地回应过。她的反应，不是爱情，更多的是一种懵懂。每当诗人发起爱的攻势，施大小姐总是一副模棱两可的态度，逼得急了干脆就拒绝。

深陷于爱情中的人，是愈挫愈勇的，戴望舒亦然。

像所有天才人物一样，戴望舒是一个容易沉湎于自我世界的人，他知道自己的需要，却很难去体察对方的心理感受。后来的研究者往往责难于施，却不曾考虑过她还是一个刚成年的少女，对一切还充满了憧憬，就要接受一份硬塞给她的感情。

并不是所有人都能理解诗人，何况是一个少女。

然而诗人不管这些，爱掘开了他的诗歌之泉，他一首又一首地给恋人写诗，据说那首最著名的《雨巷》就是写给施绛年的。这是他最负盛名的作品，但他的朋友却对这首诗评价不一。朱湘说："《雨巷》与爱伦·坡的《安娜贝尔·李》这首诗真是异曲同工……在音节上，比起唐人的长短句来，实在毫不逊色。"他的另一好友卞之琳说："《雨巷》读起来好像旧诗名句'丁香空结雨中愁'的现代白话版的扩充或者稀释。一种回荡的旋律和一种流畅的节奏，确乎在每节六行，各行长短不一，大体在一定间隔重复一个韵的七节诗里，贯彻始终。用惯了的意象和用滥了的辞藻，却使这首诗的成功显得浅易、浮泛。"似褒实贬，评价并不高。戴望舒震旦大学的同学兼文友杜衡干脆说："这诗简直是凑韵脚。"更有人推测，这首诗是仿自波德莱尔的《致一位过路的女子》。不论怎样，人们仍然送给他一个"雨巷诗人"的称号。

戴望舒与施绛年的爱情虽然有酸有甜，甚至是苦的，但他在文学成就上却大有进境，并且一跃进入文坛，成为全国著名的诗人。他的出名，某种意义上也和这场恋爱有关。

## 多情却被无情恼

一九二八年夏天，小说家刘呐鸥来到上海，和戴望舒、施蛰存经常凑在一起，他们是震旦大学的同学兼文学同道。当时，刘呐鸥在虹口江湾路六三花园旁边租了一套独栋的三层小楼，闲极无聊，就邀请戴望舒、施蛰存一起居住，并一起搞创作和翻译。为了解决生计问题，他们便经常向报刊媒体投稿。但他们的知名度不高，作品被采用的很少。

刘呐鸥建议办一个杂志，立刻得到了戴望舒的响应。就这样，名叫《无轨列车》的杂志办起来了，另外由戴望舒担任经理的"第一线书店"也开张了，主要经营的书刊就是《无轨列车》。但因为没有办登记手续和营业执照，书店不久就被警察查封了。

为了继续开展他们的事业，戴望舒和几个伙伴把书店搬到了租界内，租界内不需要登记，也不会有警察来骚扰。新书店改名为"水沫书店"，这回他们改了策略，书店同时兼出版社，出资人虽是刘呐鸥，但实际事务还是戴望舒和施蛰存负责。

二十世纪二三十年代的上海，像这样的小型民营出版机构很多，当时是上海出版业的黄金时代。由于经营有方、信誉良好，不断有作者把书稿交付他们出版，一些“左联”作家如冯乃超、胡也频、柔石、冯雪峰、茅盾的作品都在该书店出版，逐渐在其旗下形成了一个颇具规模的作者群体，就连鲁迅这样的文坛大佬也把书稿交付他们出版。

只是令戴望舒始料未及的是，他后来会与鲁迅交恶。交恶的原因纯属意外，当时“左联”诗人的作品大多偏重于宣传，而戴望舒的诗歌则偏重于艺术，他的作品更加注重技巧和形式，这自然与“左联”诗人们直抒胸臆甚至口号式的诗歌格格不入，因而引来颇多“批判”。郭沫若就曾直白地说：“我要以英雄的格调来写英雄的行为……我高兴做个‘标语人’‘口号人’，而不必一定要做‘诗人’。”这里所说的诗人，显然是有所指的，自然是指戴望舒。

面对“左联”作家们的“围攻”，戴望舒以一篇《关于文艺界的反法西斯蒂运动》来回应。这其实是诗人的一个正常而自觉的反应，却无意中触怒了鲁迅。因为鲁迅翻译的《文艺批评》《文艺政策》曾在水沫书店出版，所以在鲁迅看来戴也算自己人，所以他称戴的这篇回应文章为“从背后射来的毒箭”，这令戴望舒大感委屈。

水沫书店在出版文艺书刊的同时，也相继出版了戴望舒、刘呐鸥、施蛰存的作品，戴望舒的诗集《我的记忆》就是这时候出版的。他仿照西方书籍前面的“献词”，在书的扉页上印了古罗马诗人提布鲁斯的一句诗，译文如下：

**愿我在最后的时间将来的时候看见你，愿我在垂死的时候用我的虚弱的手把握着你。**

底下是一行法文 A Jeanne（给绛年）。尽管此书使他名声大噪，跻身文坛，却并未打动施绛年的心。他伤心极了，准备跳楼自杀，他的举动吓坏了善良的施绛年，赶紧答应了他。戴望舒立刻通知了父母，让他们到沪向施家提亲。施绛年的父母对这桩婚事并不满意，但因儿子施蛰存十分看好，才使这场婚事成为可能。一九三一年夏初，戴望舒和施绛年在上海举行了订婚仪式，施大小姐当场提出一个要求，戴望舒必须拿一个外国大学的学位，才能结婚。实际上，施绛年之所以答应订婚，也不过是拖延的无奈之计，其目的无非想借戴望舒出国留学摆脱其纠缠。

水沫书店在一九二九至一九三〇年运营良好，出版了相当数量有社会影响力的书。尤其是《西部前线平静无事》（现译为《西线无战事》）在五个月里就再版四次，累计售出一点二万册。现在来看，这书的销量不算大，但在二十世纪二三十年代的中国，这可以算作“畅销书”了。不过，到一九三一年他们的营业额就开始走下坡路，一方面是赊账太多，另一方面是销量好的书常遭到盗印，为了扭转局面，戴望舒曾亲自跑到北京，向一些大的代销商收账，还曾到东安市场暗访，打击盗版，然而这些努力后来都失败了，水沫书店只得关门。

## 你引我到一个梦中，我却在另一个梦中忘了你

一九三二年，戴望舒曾短期地在施蛰存主编的《现代》杂志当编辑，不过同年十月他就乘坐“达特安号”邮轮赴法国巴黎大学念书了，以践行对施绛年的诺言。他是怀着刻骨的相思，极其不情愿地去到法国的。国外的生活极其清苦，他经常感到钱不够用，只得靠翻译稿件赚一点儿稿费，他在写给好友叶灵凤的一封信中说：“我在这里一点儿空儿也没有，要读书，同时为了生活的关系，又不得不译书，而不幸又生了半个月的病。”

戴望舒在巴黎时很少去教室，更别说上课了。他对上课没兴趣，却对西班牙文化感兴趣，便在一家语言学校学习西班牙语，同时研究比利时象征派戏剧大师莫里斯·梅特林克、法国作家普罗斯佩·梅里美等欧洲作家的作品，闲暇的时候大多流连于巴黎著名的旧书摊上。他的兴趣像野草一样在巴黎这座文化之都恣意生长。戴望舒曾写过一篇《巴黎的书摊》，他在该文中说：

在滞留巴黎的时候，在羁旅之情中可以算作我的赏心乐事

的有两件：一是看画，二是访书。在索居无聊的下午或傍晚，我总是出去，把我迟迟的时间消磨在各画廊中和河沿上的书摊。

巴黎的塞纳河左岸有大量的书摊，当然，与中国式的地摊不同，法国的书摊都是一个又一个的小型架子，书装在一个个考究的木匣子里，珍贵的书甚至放在上锁的玻璃柜中。书摊的老板可能穿着旧衣服，但并不寒酸，而是带着巴黎式的优雅与主顾们讨价还价。

戴望舒沉迷于欧洲文学，时常在书摊上发掘到自己心仪的诗人的集子，无奈囊中羞涩，只好望书兴叹。不过，只要稍微有点钱，他便立刻跑去买书，有一次竟然花了二百五十法郎把龚古尔的《日记》抱回了家，这部书多达二十二卷，是一部规模相当大的书。而同在巴黎的李健吾为了买这部书，则花了六百法郎，这令戴氏十分得意。后来，他回到国内，施蛰存曾对他拥有那么多藏书艳羡不已。

戴望舒在巴黎混了一年，钱全部花光了。为了混一个文凭，他只得换个开支低的学校读书，中法大学的宿舍是免费的，他就向这所学校发了一份申请。为了申请能够成功，他在申请后面附了一份自己翻译的法国作品的书目，该校回复说，从他翻译的作品看不出他申请读书的方向和计划。说穿了，戴氏的翻译靠的是兴趣，而高等学府进行的是学术训练。不过戴望舒诗名很大，最终还是被中法大学录取了。

一九三三年十月，戴望舒进入里昂的中法大学学习，并获得了助学金。中法大学规定，两年成绩不合格的学生要被除名，遣送回国，而戴望舒依旧我行我素，从不去上课，在寓所翻译稿件。尽管他的译稿能换来一些钱，但远远不能满足其消费。因此，他的好朋友施蛰存不得不一次又一次地给他寄钱。

和所有的诗人一样，戴望舒喜欢充满激情的生活。有一次他昏了头，参加了里昂工人的大罢工游行，纵火焚烧了一辆汽车，制造了一场不大不小的乱子。一九三四年八月，戴望舒赴西班牙旅行，又参加了西班牙的反法西斯游行示威，他的行为被警察侦查并通知了法国方面。一向禁止学生参加政治运动的中法大学校方十分恼怒，将戴望舒除名，并限其三天内离开法国。就这样，戴望舒什么文凭也没有拿到，就被驱逐出境了。大约诗人都是这样不安分，他们身上有一种天生的叛逆和破坏性，不论到了哪里都将对秩序发起挑战，拜伦如此，雪莱也是如此。

戴望舒在法国时友人颇多，但被驱离境时走得十分仓促，以至于只有罗大冈一人为他送行。当时，他身上除了一张从马赛到上海的四等舱船票外，一分钱也没有。船上的伙食极差，他后来对施蛰存说，（四等舱）还不如难民收容所，食物粗得像喂牲口的饲料。舱里没有被子，晚上经常被冻醒。他在船上熬了差不多一个月，终于到了上海。他立刻去找施绛年，却发现恋人早已移情别恋，他不顾施的父母在场，冲她脸上扇了一巴掌。之后，这段长达八年的恋情以登报解除婚约的方式告终。戴望舒在法国时，施绛年便已移情，喜欢上了一个小商人，听到传言的戴望舒曾写信向好朋友求证，施蛰存为了让他安心学业，也只能回信胡乱搪塞。对于情变，他是有预感的，他在法国曾数次给施绛年写信，还曾倾尽所有积蓄给恋人买礼物，可施绛年的回信不是迟迟不来，就是草草应付，令他十分失望。戴望舒曾给施蛰存写信，希望施绛年也来法国，但施蛰存回信说："你还要绛年来法，我劝你还不可存此想，因为无论如何，两人的生活总比一人的费一些，而你一人的生活我也尚且为你担心呢。况且她一来，你绝不能多写东西，这里也是一个危机。"戴望舒的生活费用多系施蛰存汇款，有时候他甚至将自己的全部薪水寄给了戴望舒，可见他对朋友的情谊。他极希望戴望舒和妹妹修成正果，但爱情是不能强求的。多年以后他回忆起旧事还曾说："一个是我的大妹妹，一个是我的亲密朋友，闹得不可开交，亦纯属他们自己私人之事，我说什么好呢？当年此事发生时，我就不管此事，一切采取中立态度，不参与也不发表意见，更不从中劝说或劝阻。"

爱而不得，大概在诗人的心中才能永恒。

茅德·冈之于大诗人叶芝，绿蒂之于大诗人歌德，贝阿德丽齐之于但丁，都是如此，他得不到她，但是可以在梦魂中永远保留着她。究竟应该怎样来看戴望舒倾尽青春却不能获得的爱情呢？一个人也许不能拥有所爱的人，但是在感情上他是忠于自己的，忠诚于他的心。所以，这样的感情不但不会被轻视，反而会获得尊重。

戴望舒在失恋后曾写过一首诗《有赠》：

谁曾为我束起许多花枝，
灿烂过又憔悴了的花枝？
谁曾为我穿起许多泪珠，
又倾落到梦里去的泪珠？
我认识你充满了怨恨的眼睛，
我知道你愿意缄在幽暗中的话语，
你引我到了一个梦中，
我却又在另一个梦中忘了你。
我的梦和我的遗忘中的人，
哦，受过我暗自祝福的人，
终日有意地灌溉着蔷薇，
我却无心让寂寞的兰花愁谢。

也许，这是他对初恋最后的纪念吧。

不得不说，对于诗人来说，爱情只是一种想象，要么想象得到满足，要么永远活在想象中。客观地说，想象不可能被满足，通常只能是破灭。但永远存活在想象中却是可能的，莎乐美之于里尔克、韦莲司之于胡适……文学及艺术史上那些并未彼此拥有，却终生灵魂交响的爱侣，就因为彼此成为对方的想象，而这种想象有一个前提，那就是智慧，只有智慧才能够产生共鸣。否则，还是忘却吧。

## 恨不相逢未爱时

刚刚结束一段感情，立即投入下一场感情，就像刚从火中救出，立刻又去投水，这是十分危险的。然而，诗人似乎一天也离不开爱，所以就有了飞蛾扑火。

失恋的戴望舒住在好友刘呐鸥位于江湾路的公寓，整日长吁短叹，另一位好友穆时英看不下去了，便把自己的妹妹穆丽娟介绍给了他。穆丽娟年方十九岁，长得亭亭玉立，立刻吸引了戴望舒，好像刚被蜜蜂蜇过又去舔蜂蜜。和施绛年一样，穆丽娟对戴望舒的认识也主要来自长兄穆时英，哥哥口中的戴望舒才华横溢，是文学界一流的人物，因此她对戴望舒充满了拜服与爱慕之心。在初恋的光芒中，她跟着他学打牌，陪他跳舞，还曾帮助他抄写稿件，爱情的船似乎在朝幸福的方向驶去。

一九三六年六月，戴望舒和穆丽娟在上海新亚饭店举行了婚礼，诗人徐迟充当伴郎。婚后不久，他们的女儿朵朵便出生了，戴望舒给她取名咏素。

上海艺华公司拍摄电影《初恋》，作曲家陈歌辛和戴望舒一起修改了诗歌《有赠》，并谱曲作为电影主题曲，这就是歌曲《初恋女》，一时间大街小巷都是“你引我到了一个梦中，我却又在另一个梦中忘了你”的歌声。这令穆丽娟非常不快，她曾对人说：“他（戴望舒）把感情都给了施绛年，他和我没有什么话说。”

一九三七年抗战全面爆发，上海危在旦夕，香港成为最后的避难地，戴望舒和其他文人一样也携妻女到了香港。他在薄扶林道左近的山上寻到一座小洋房，安排家人住了下来。为了提高生活质量，他还和妻子一起在楼下的空地上开辟了一个菜园子，种植了蔬菜瓜果。他给自己的居所起名“林泉居”，大有隐居林泉、安然度日的意味。当时胡文虎正筹办《星岛日报》，聘任戴望舒为副刊《星座》的主编，薪水十分丰厚，还有配车。就这样，他过上了有房有车的生活。至此，戴望舒不但生活稳定，还结交了不少文坛上的朋友，他曾十分自负地说：“没有一位知名的作家是没有在《星座》上写过文章的。”

事业上有了进展，他的婚姻却出了问题。后来的研究者大多把问题归结于年龄差距大，两人的兴趣、爱好不同。这是十分荒谬的，对于艺术家来说，年龄差距从来都不是问题，真正的问题出在性格上。戴望舒担任《星座》的主编，同时还是中华全国文艺界抗敌协会香港分会的负责人，他一方面要处理大量稿件，另一方面还要开展救亡的宣传工作。他经常把自己关进书房几个小时，中间连和妻子说话的机会都没有，这就使得穆丽娟无法进入他的精神世界，陷入一种挫败的无助中。她后来曾回忆说：

婚后我不管家务，一切有保姆代劳。一个保姆负责煮饭，另一个负责带孩子。实在无聊，就学学英语，和徐迟的爱人陈松一起出去看电影、逛街。二十世纪三十年代的中国，富家女子都是不工作的，所以只能自己找娱乐项目。来港的施蛰存住在我家，我就顺便向他请教一点儿古文，每天自己也练练书法陶冶情操。但都是为了消磨时光。当时由于上海战乱，很多文艺界的人都去了香港，林泉居也成了一个文艺沙龙，施蛰存、叶浅予等人都经常造访我家。

客观地说，穆丽娟是一个颇具知识情趣的女性，她性格娴雅，也喜欢文艺，如果戴望舒愿意在她身上花一些时间，他们很容易成为琴瑟和鸣的夫妻。后来穆丽娟改嫁作家周黎庵，与周氏夫唱妇随，用事实证明了她不是一个粗俗的女子。多年以后，当记者向她问及和周黎庵的婚恋时，九十六岁的她脸上依然闪烁着幸福的光芒。

戴望舒是诗人，爱情之于他不是柴米油盐酱醋茶，而是一种想象。想象愈强烈，则爱愈深。反之，想象消失，则爱意熄灭。现实的家庭生活显然不能满足他的想象，这就驱使他进一步沉溺于书斋中。女性需要被关怀，而他显然更关注自己的精神世界。在后来的婚姻悲剧中，同样印证了这一点。他就像希腊神话中化为水仙的纳喀索斯，有着强烈的自恋心理。他的每一场恋爱，所爱的其实都是自己的想象，更进一步，他爱的其实是自己。通俗地说，每一次情感投入，都是与自己相恋。这样一来，别人就很难进入他的精神世界，也就感受不到他的爱。

上海沦陷后，穆丽娟的母亲也逃亡到了香港，在家中被视作空气的穆丽娟有时候去看望母亲，干脆就住在那里。女儿朵朵见不到她，就哭闹着要见妈妈，这令戴望舒倍加恼火，因此不免出语粗鲁。与戴望舒有交往的卜少夫、徐品玉曾回忆说，戴望舒有一次对穆丽娟怒吼："还不如叫十个粗汉去 × 你老母一场！"戴咏素则否认了这个说法，她说父亲家教极好，不可能这般说。

一九四〇年六月二十八日，穆丽娟的哥哥穆时英在上海四马路被国民党特工误刺身亡，穆丽娟觉得简直天都塌了，她终日流泪，打算回去处理后事。戴望舒却说："你是汉奸的妹妹，哭什么劲儿？"坚决不许妻子回上海处理长兄的丧事。戴的这种态度，进一步拉大了两人之间的距离，两人很长时间不言一语。戴望舒曾对施蛰存说：“丽娟有一个月未和我讲话。”

半年之后，穆丽娟的母亲在上海病逝，报丧电报到香港后却被戴望舒压了下来。穆丽娟在街上遇见了叶灵凤的妻子赵克臻，赵克臻看到她穿着大红的裙子，惊异地说：“你在热孝中，居然穿大红衣裳！”她由此才知母亲已身故。遭到兄死母丧连番打击的穆丽娟再也无法忍受了，她去当铺当掉了母亲送给她的翡翠胸针当盘缠，带着女儿朵朵回到了上海。

到上海后，有个大学生对穆丽娟十分钟情，每天送花致礼、殷勤问候，年方二十五岁的她这才明白，这五年简直是白过了，简直犹如困室内一般，原来人生可以这样温暖，可以这样被呵护。她并没有接受这个大学生的感情，却在心理上和戴望舒更加疏远了。她后来回忆：“我们从来不吵架，很少谈谈，他是他，我是我。从小家里只有我一个女孩子，家庭和睦、环境很好，什么时候都不能有一点点不开心。看戴望舒粗鲁，很不礼貌，我曾经警告过他：‘你再压迫我，我要和你离婚。’戴望舒听了也没有说什么，他对我没有什么感情，他的感情给了施绛年。”

一九四〇年冬天，穆丽娟向戴望舒提出离婚，戴望舒立即赶往上海，与之长谈，希望能挽回妻子的心。但穆丽娟心意已决，他说什么都是徒劳。正所谓，爱的时候海誓山盟，不爱的时候陌如路人。妻子不愿随他返港，汪伪政府的御用文人胡兰成却派人找上门来了，要他留在上海替伪政府办报；汉奸头目李士群也打起了他的主意，并承诺他只要肯加入伪组织，就能让穆丽娟回到他身边。戴望舒虽为一介文人，但深知民族大义，他无意附逆，只得匆匆返港。在离沪的前一夜，他向穆丽娟告别，再一次回忆起往事，然而穆丽娟已不肯接纳他，他不得不怀着凄绝哀伤的心情离开。他写过一首诗《示长女》，那是一个父亲对曾经的美好家庭生活的怀念，也是面对女儿最真挚的表达，一字字、一行行读来都使人仿佛看到一个中年男人的心曲。在这首诗中，技巧也好，文字也好，都已经不重要了，情感的力量令人不忍卒读，它不只是写给女儿的，其实也是写给前妻的，是对从前那个家庭的追忆，笔者抄在这里：

记得那些幸福的日子，
女儿，记在你幼小的心灵，
你童年点缀着海鸟的彩翎，
贝壳的珠色，潮汐的清音，
山岚的苍翠，繁花的锈锦，
和爱你的父母的温存。
我们曾有一个安乐的家，
环绕着淙淙的泉水声，
冬天曝着太阳，夏天笼着清荫，

白天有朋友，晚上有恬静，
岁月在窗外流，不来打扰，
屋里终年长驻的欢欣，
如果人家窥见我们在灯下谈笑，
就会觉得单为了这也值得过一生。

我们曾有一个临海的园子，
它给我们滋养的番茄和金笋，
你爸爸读倦了书去垦地，
你呢，你在草地上追彩蝶，
然后在温柔的怀里寻温柔的梦境。
人人说我们最快活，
也许因为我们生活得蠢，
也许因为你妈妈温柔又美丽，
也许因为你爸爸诗句最清新。

可是，女儿，这幸福是短暂的，
一霎时都被云锁烟埋；
你记得我们的小园临大海，
从那里你一去就不再回来，
从此我对着那迢遥的天河，

松树下常常徘徊到暮霭。

那些绚烂的日子，像彩蝶，
现在枉费你摸索追寻，
我仿佛看见你从这间房
到那间，用小手挥逐阴影，
然后，缅想着天外的父亲，
把疲倦的头搁在小小的绣枕。

可是，记得那些幸福的日子，
女儿，记在你幼小的心灵，
你爸爸仍旧会来，像往日，
守护你的梦，守护你的醒。

回到香港后，戴望舒的天空完全崩塌了，他意志的堤坝全部崩溃。

一九四〇年十二月一个寒冷的夜晚，他给妻子写了最后一封信，那是一封遗书，他在信中说："现在幻想毁灭了，我选择了死，离婚的要求我拒绝，因为朵朵已经五岁了，我们不能让孩子苦恼，因此我用死来解决我们之间的问题，它和离婚一样，使你得到解放。"这封信令穆丽娟很忐忑，她问戴望舒的姐姐该怎么办，戴的姐姐却说：“他自杀过一次，死过一次的人不可能再自杀。”因此，穆丽娟对戴望舒的信未作任何回应，不久就传来戴望舒服毒自杀的消息，幸好被友人发现，终究是救了回来。

一九四一年，戴望舒对这段几乎完全破裂的婚姻做了最后一次努力，他将自己的两本日记寄给妻子，里面记录的多是对她的思念之情，另外他还寄了一本影集，里面是三十多张家庭照片，处处闪烁着一家人在一起时的和美。影集的扉页上写着：丽娟，看到了这些的时候，请你想到我和朵朵在等待你，等待你回到我们这里来，不要忘记我们。

也许，在以往的生活中，他确实忽视了她，然而当她真的要离去，他才发现是如此离不开她。他的日记中曾记录了两人分居沪港时稀有的沟通，当他收到妻子的来信时，兴奋地在日记中写道：

昨天收到了丽娟的信，高兴了一整天，今天也还是高兴着。丽娟到底是一个有那么好的心的人。在她的信上，她是那么体贴我，她处处都为我着想，谁说她不是爱我着呢？一切都是我自己不好，都是我以前没有充分地爱她——或不如说没有把我对她的爱充分地表现出来。

穆丽娟同意暂时分居，六个月后再做决定。然而，这终究是一场无法挽回的婚姻。太平洋战争爆发后，日军占领香港，戴望舒被日军抓进大牢，灌辣椒水、坐老虎凳，受尽了酷刑，他也丝毫未曾屈服。他有一身文人的肝胆，也有一副硬骨头。后来，好友叶灵凤等人倾尽全力将他营救了出来。出狱之后，他进入大同图书印务局继续从事出版工作。

日军的酷刑没有令他屈服，这场婚变却几乎摧毁了他。一九四三年一月二十三日，戴望舒同意了离婚，在离婚协议上签了字。多年后，穆丽娟回忆起旧事说："我们之间几乎从来没有红过脸，一直和平共处，没有外界所想的纠纷和第三者。离婚理由是因为性格不合，还有就是年龄差距，他比我大十三岁。戴望舒喜欢窝在书房看书、写作，很少和我说话。"

戴望舒是一个诗人，也是一个东方式的大男子主义者，专制、霸道，把女人看作没有思想的幼稚动物。他的内心蓬勃生长着爱，但他的爱情都演绎在诗歌中，就像"画家与妻子"的故事——有一个画家爱上了一个女孩，他太爱她了，所以结婚后妻子成了他唯一的模特，他每天不停地画，画中的女子一天天光彩夺目，而妻子却一天天憔悴，他的作品终于达到出神入化的程度，妻子却香消玉殒了。戴望舒就像那个画家一样，他把爱情写进了作品，却不肯分一毫给身边最亲近的人。

事实上，穆丽娟是一个有思想的新女性，她喜欢看书，也愿意跟上丈夫的脚步，她不愿意做一个家庭的玩偶。而戴望舒却把她看作一个家庭主妇，需要她的时候一刻也不肯放松，不需要她的时候则视若空气，这才是这场婚姻破裂的真正原因。

人们总是放弃心中所想的东西，然后再去吸引他所放弃的东西。

## 只爱那丁香般结着哀怨的姑娘

戴望舒在大同图书印务局当编辑时，认识了抄写员杨丽萍（杨静），很快坠入爱河。一九四三年五月三十日，二人宣布结婚。这场婚事太快了，以至于有些朋友没反应过来，因为四个月前他才签了离婚协议。有些人总是这样，每一次都淹死在同一条河流里。戴望舒在经历了两段感情之后，又与一个小自己十几岁的少女结婚了，当时杨丽萍十六岁。杨的父母不喜欢戴望舒，坚决反对这门婚事，但杨丽萍欣赏戴望舒的才华，也被他在狱中坚贞不屈的英雄气概所折服。女孩子总是爱慕英雄，崇拜那些伟大的诗人，但是一旦走近了，才发现英雄和诗人其实也是常人，他们也有常人的毛病和缺点，这就使感情发生了动摇。

戴望舒和杨丽萍婚后最初还算和谐，但两个女儿咏絮、咏树出生后就出现了问题，先前的小妻子的角色很快转换为母亲，家庭琐事多了，分歧也就多了。戴望舒身上那种大男子主义的作风再次暴露出来，两个人不可避免地发生了冲突——吵架、吵架、吵架复吵架。实际上，家庭所产生的琐碎纠纷并不只属于戴望舒，它属于所有天才人物，不知有多少人被它毁灭。

一九四五年日本投降后，戴望舒一直渴望回上海，可是当他一九四六年携家带口到上海后，面对的却是另一场风暴。上海的文化界不信任他，认为他在香港有附逆嫌疑，这令极为爱惜名誉的戴望舒痛苦极了，只得再次避居香港。这时候，妻子不但未能给予他安慰，还与另一个人产生了感情。愤怒之下，戴望舒挥拳打了妻子。就像此前的两段感情一样，戴望舒最后做出了种种努力，希望妻子能够回心转意，但最终还是以离婚收场，根据协议，两个女儿二人各自抚养一个。

戴、杨感情破裂后，戴望舒一度带着两个女儿住在叶灵凤的家里。叶灵凤回忆说："他在人前一再摇头：'死了，这次一定死了！'"他不会再自杀了，但是他的心已经被摧残蹂躏碎了，他是真的心死了。

一九四九年三月，戴望舒悄悄地离开香港，回到了北京，后出任新闻出版总署国际新闻局法文科科长。那时候，他的身体已糟糕透顶了，日本人用酷刑摧垮了他的身体，数次情变又彻底摧毁了他的精神，加之哮喘病发作，他几乎无一日不在痛苦中度过。为了减轻痛苦，他亲手给自己注射麻黄素。一九五〇年二月二十八日上午，他为自己注射了过量的麻黄素，很快在床上昏迷，等被人发现送到医院时，已经没有了生命迹象。也许，这样也好，他不用那么痛苦了。

戴望舒辞世二十八年后，杨静曾对来访者说：“那时候我年纪太小，对他了解不多，也没有想到要好好了解他。现在看来，可以说是一件憾事。”人总是这样，要在失去后，才能想到一个人的好。就像张兆和在整理《从文家书》的时候，才真正理解了那个跟她生活了一辈子的人。

在戴望舒的三段感情中，除了第一段感情比较勉强外，后面的两段感情都有着良好的开始，在最初的家庭生活中也有过甜蜜与温馨。每一个他所深爱的人，他都深藏在心中，也许是藏得太深了，反而让人看不见。他是诗人中的诗人，细细探究他爱过的三个女性，会发现一个有趣的现象：她们都比他小，而且有相当大的年龄差距。实际上，在每个年龄段，他所爱的对象都不曾发生变化，都有一个共同的少女的外表，施绛年、穆丽娟、杨丽萍，其实都是他诗中的“丁香姑娘”，是永恒的、不可磨灭的诗歌的意象。他终其一生，都爱着诗里的人，爱那些街头走过的曼妙身姿，她们为他提供灵感、提供想象，但他似乎并没有做好去了解她们的准备。

在客观叙事中，同一个人身上往往有两套甚至多套叙事系统，研究者也许可以拿材料说话，却忽略了材料之外的东西，而最近的观察者因为种种原因未必能够提供材料。多年以后，戴望舒的长女戴咏素回忆起父亲，说父亲非常爱妻女，每到一个地方，不论是香港，还是上海，都尽可能地为她们寻觅最好的居住环境。他为女儿寻找教育环境好的学校，对妻子学声乐、学钢琴的要求都尽量满足，还花巨资为妻子购买过赤金项链。戴望舒是一个事业心很强的人，有良好的交际能力和经营能力，尽管在战乱时期，他也总有办法维持稳定丰厚的收入，过着上流社会的生活。他喜欢书，因此家里便有藏量丰富的书籍；他喜欢朋友，他的家中便有沙龙和舞会。谁说他不浪漫、没有情趣、缺乏理性呢？当他和妻子之间产生鸿沟，他便答应妻子，次女（他和杨丽萍所生的长女）稍微大一些，就同意离婚。也许，他不是一个知情知趣的人，但他是一个在每一段婚姻中都投入全部感情的人；对每一个亲人，都竭力守护；对每一个朋友，都报以真挚的感情。他是真浪漫，他的浪漫在骨子里。只是，他的浪漫无人看得见。

# 苏曼殊：无端狂笑无端哭

余生渐长，他一面禅心入空门，
一面流连花丛中，纠缠于出世与入世之间。

## 他人笑我太疯癫，我笑他人看不穿

苏曼殊的疯癫是道家的随性，佛家的智慧，儒家的“念天地之悠悠，独怆然而涕下”的孤独。因为太敏感、善感，所以“观悲剧而泪眼婆娑，闻哀乐而袈裟湿透，思故人而泣如雨下”，动不动就犯“神经病”，让世人侧目。

在日本的时候，苏曼殊与刘师培、何震夫妇同住。有一次，刘师培正在外屋里闲坐，苏曼殊冲进来，他非要推门进内屋，刘师培见他不听劝阻，忍不住给了他一巴掌。苏曼殊愣住了：“为什么打我？”好一阵他才明白过来，红着脸匆匆下楼去了，因为何震正在内屋洗澡。还有一天晚上，苏曼殊赤身裸体地跑入刘师培的房间，呆呆地盯视着洋油灯，有半分钟光景，忽然破口大骂，让友人感到莫名其妙。

从日本回国后，苏曼殊在长沙任实业学堂舍监，或许是他看起来天真、好欺负，所以总是被学生作弄。他就背着人独自坐着，有时放歌，有时大哭，有时见了人，毫不避讳地直视人家很久，成了“苏神经”。

他个性洒脱，没有你我之界。囊空如洗时，也不向友人借贷，若有人周济，他也不客气地收着，不道谢，当然也不偿还。有一次他饿得在床上辗转呻吟，恰有友人来看他，一见他这般模样，不禁感叹道：“我来迟一步，不想君成了饿殍。”友人为他备好饭菜，临走还留下一百块钱。可是，苏曼殊却优哉游哉地跑到市街上去玩，见到一辆精美的自行车，看着欢喜就买了。再走几步，他又遇上一个几天没吃饭的乞丐，就把剩下的钱给了那个乞丐。

过了几天，那个朋友又来看他，只见他如前一样呻吟辗转，便大为惊异，还以为他故意绝食呢，听他一说出钱的去向，朋友埋怨他：“你又不会骑自行车，为何要买？”他说：“从心所欲而已。”

古人说“从心所欲，不逾矩”，苏曼殊可是彻底地从心所欲没个计算。

他跑当铺连裤子都典押出去了，朋友见他总在被窝里待着，原来是没裤子穿，实在哭笑不得，帮他赎回裤子，又留下一笔钱。可是再来看他时，却见他仍旧光着腿杆，没裤子穿。原来他拿着那些钱全买了摩尔登糖……叫你拿他真没办法。

苏曼殊爱吃糖，他自称“日食酥糖三十包”，以至被人戏称“糖僧”。

可以没衣服穿、没饭吃，但没有糖的日子就难熬了。有一年冬天，他困居香港，在外面看见商店里摆出各色巧克力糖，但无奈口袋没钱，悻悻离去。回到旅馆，夜不能寐，心里放不下那些糖。终于熬到第二天早晨，他取把锤子把镀金的门牙敲下来，血肉模糊地拿去换糖吃了。

这个形象有点像谁？洪七公？老顽童？

真是让人又气又笑又怜惜。

金庸笔下的“顽主”都有傍身的绝技，苏曼殊也不是一无所长只知道吃。他的画独出机杼，清幽淡雅，所以声名也很大。但他并不以此自诩，“以绘画自遣，绘竟则焚之”，有点魏晋名士的浪荡劲，真是洒脱极了。他从不轻易为他人作画，但对钦敬的人却毫不吝啬笔墨。他为刘三画《白门秋柳图》《黄叶楼图》，是敬重其人侠义；为赵声画《荒城饮马图》，是重诺守信。

要想获得苏曼殊的一幅画可是十分不容易。为别人作画？那可不是从心所欲了，那是从他人所欲了，苏曼殊可不情愿。真怀疑金庸老人笔下的黄蓉，以一手好菜诱惑馋嘴的洪七公是不是从这里学来的，因为早有人用此招数诱惑过苏曼殊了。

《太平洋报》总编叶楚伧请苏曼殊作画，便使了一计。叶楚伧故作悠闲地对苏曼殊说：“上海新到一批五年牛肉，闻香下马的人很多，所幸购得几斤，放在楼上美术编辑室，还有摩尔登糖和香烟，你有空可以去尝尝。”苏曼殊想也没想便跑上楼去了，等他进了屋，叶楚伧“咔嗒”一声把门锁上了，并且扬言：“你画作不好别想出来。”作一幅画是件容易的事，既然还有美食，就画了吧。叶楚伧“诡计”得逞，得到了《汾堤吊梦图》。

可有些人却没这么容易降得了苏曼殊。他有他的顽皮，也有他的机灵。

时任上海市市长张群也东施效颦般买巧克力糖给苏曼殊吃。时间一长，苏曼殊就觉察到了他无事献殷勤必有用意，一天，笑着问：“你是想让我给你画画吧？”果然如是。既然看透了他的心思，便借坡下驴，张群呈上纸墨来，苏曼殊就真的为他画了一幅画。老树昏鸦，远山寒月，凄清苍茫，境界全出。张群喜不自胜，连忙称谢。可是，苏曼殊坏笑着说：“先别忙着谢，画还没有作完呢。”随即便用墨笔从树梢勾出一根细线拴到月牙上。张群急忙制止，却已经来不及了。

对于许诺过他人的，他一诺千金。

有一年春天，他在西湖为同学陈独秀作画，随后赵声也闻讯赶来索画。苏曼殊与赵声的情谊非同寻常，自然应允。因为赵声当时正准备去日本，所以没来得及拿到画。谁知，这却是他们最后一次见面——黄花岗起义失败，赵声听到这个消息呕血而死。苏曼殊十分哀痛，作画《荒城饮马图》，在赵声墓前焚化。这种重信重诺的精神颇有古人“空垄挂剑”的模样。

苏曼殊不但画好，诗亦好。

好花零落雨绵绵，辜负韶光二月天。
知否玉楼春梦醒，有人愁煞柳如烟。

把看不见、摸不着的“愁”的形象化为如烟之柳，可谓精到。

云树高低迷古墟，问津何处觅长沮？
鱼郎引入林深处，轻叩柴扉问起居。

境界高远又幽深，“轻叩柴扉”化用得非常自然。

在新旧交替的时代，曼殊诗比起那些以旧体写革命的诗来多了份古味，更加贴近自然。跟随潮流的作品也许会被时代湮没，但苏曼殊从不为外物所役使，遗世而独立。

最喜欢他那首“契阔死生君莫问，行云流水一孤僧。无端狂笑无端哭，纵有欢肠已似冰”。“无端狂笑无端哭”恰说明他处在极端情绪化中，又怎么会是冰？这无非激愤之语，是最大的需要与最大的失望碰撞后的心灰意冷吧，望尽天涯路的赤子，让人怜惜。从萧瑟到繁华是一回事，从繁华到萧瑟又是一回事，从一腔热肠到淋漓成冰该是何等滋味？苏曼殊心里是苦的，欢乐趣，离别苦，酒中更有痴儿女。

## 世道无常，唯情至苦

苏曼殊终身为情所累，“情欲奔流，利如驰电，正忧放恣，何惧禁遮？”但是一旦找到真爱，却又声称“三戒具足之僧”，黯然离去。这种矛盾人格在他身上非常明显，仿佛《小李飞刀》中有自虐情结的李寻欢，一生纠结着活。爱了便爱了，为何又要克制、远离？爱了便在一起，很简单的逻辑，为何要空留遗憾？“还卿一钵无情泪，恨不相逢未剃时！”还可以还俗嘛，为什么要流一钵无情泪？所以，阻挡他的不是清规戒律，而是他自己的那颗心。他的心里到底有什么结，让他与众多女子酬和却不能最终相伴？

人生无常，唯情最苦。只因人生并不像想的那么简单，想怎样便能怎样，有时候拼尽力气也枉然，就有了苦。苏曼殊所承受的最多的是爱别离，他的心已经装不下这苦，所以才寻求解脱，可是解脱哪有那么容易？他就在情与禅之间轮转。

他不敢投入，是因为害怕承受无常之苦。生、老、病、死、爱别离、怨憎会、求不得，俗世里的人，谁能逃得过？所以善感的人，不是疯了，就是自杀了，或者出家了。苏曼殊与李叔同不同，李叔同是主动出家，一步步了悟红尘，是他的人生阶段走到了那一步，而苏曼殊更有逃避的意味。

他逃入空门，却做了个情僧。本来情是出家人的大忌，而情与禅在苏曼殊身上却达到融合。

**相逢天女赠天书，暂住仙山莫问予。**

**曾遣素娥非别意，是空是色本无殊。**

天女赠书的情节有点类似于楚襄王遇巫山神女，而耐寒的素娥却是孤独一人，色色空空，空与色又有什么区别？

所以他能将两个矛盾的事物放在一起而不突兀，情与僧水火不相容，他却是情僧。

他一面禅心入空门，一面流连花丛中，纠缠于出世与入世之间。

对于爱情，他也有着说不完的伤心事。

苏曼殊十五岁时，想念母亲的感情非常强烈，就想攒钱去日本寻母，遂与乳母一起种花、卖花。于卖花途中，遇到儿时定过亲的女孩雪梅，此时的雪梅已经亭亭玉立，出落得绝代佳人一般。但是因为曼殊家道中落，雪梅家里对这门婚事有了悔意。这第一段恋情的失败也让他感觉到了世态炎凉、人情淡薄。这一次重逢，两人百感交集。雪梅表现出她坚贞的一面，赠予曼殊重金，还写锦笺“沧海流枯，顽石尘化；微命如缕，妾爱不移”，然而世事浮沉，哪里由得了她一个小女子？

有情人终未能成眷属。

苏曼殊据此写成长篇言情小说《断鸿零雁记》，书中记载：“余年渐长，久不与雪梅相见，无由一证心量……默默思量，只好出家皈命佛陀、达摩、僧伽，用息彼美见爱之心，使彼美享有家庭之乐。”可见这件事对苏曼殊的打击之重，成了促使他第一次出家的原因。

然而终归年少顽皮，守不住八戒，他偷吃了鸽子肉，被师父逐出佛门。

## 此恨绵绵无绝期

苏曼殊后随表兄东渡日本求学。这一年他十六岁，在母亲河合仙氏的老家樱山村遇到了日本姑娘静子。如宝黛初见，“第心甚疑骇，盖似曾相见者”，清超拔俗的静子立刻印在曼殊心上。

樱山村河合仙氏家门前有一条小溪，对面住着静子家。苏曼殊经常在小溪边游逛，有一天忽然看见对面的静子，怦然心动。因为没有表白的机会，他变得焦躁不安，正在这个时候，有一只白鸽落在窗前，腿上用红绳系着一张纸条。曼殊解下纸条，竟然是一片诗笺："青阳启佳时，白日丽旸谷。新碧映郊垧，芳蕤缀林木。轻露养篁荣，和风送芳馥。密叶结重荫，繁华绕四屋。万红皆专与，嗟我守茕独。故居久不归，庭草为谁绿？览物叹离群，何以慰心曲。"原来姑娘对曼殊也已芳心波动，曼殊欣喜若狂，赶快铺纸回复。两人情书往来过几次，便背着家人相约到若松町去游玩。静子一头秀发中间系着一个缎带蝴蝶结，清纯优雅，她一站在曼殊面前，立刻使他陶醉了。少男少女相偎相依，苏曼殊沉醉在静子的芳香里……

一次，静子又约苏曼殊会面，苏曼殊驾一叶小舟去赴约，结果被淋了个湿透，静子却没有出现。他扫兴而归，回到家就写信指责静子的失约。他的信恰被远方来的叔父瞧见，斥责他败坏苏家门声。而此时，静子的信鸽也到了，原来她是遭家人监视出不了门，所以才失约。静子的信真是雪上加霜，叔父更加怒不可遏，不但鞭挞了苏曼殊，还找到静子家问罪。静子的父母当众痛打静子，静子不堪其辱当夜投水而死。

之前与雪梅是年少时期朦胧的感情，现在静子却是他的初恋，静子的死对曼殊是致命的打击。此恨绵绵无绝期，曼殊绝尘而去，在蒲涧寺出了家。

静子的形象时时出现在曼殊眼前，很多年后重游若松町，他还感慨万端，吟诗："孤灯引梦记朦胧，风雨邻庵夜半钟。我再来时人已去，涉江谁为采芙蓉？"此去经年，物是人非，空留一声叹息。

苏曼殊虽然出家当了和尚，却不是从此杜绝红尘，而是在花丛里流连。秦淮多艳姬。一九〇五年秋，苏曼殊在南京陆军小学任教，他半僧半俗，常在青楼设宴，邀请好友来聚会，好友们传来各自喜欢的妓女陪同玩乐，曼殊也有自己的相好，但他仅限于打打牌、唱唱曲、聊聊天，被人称为“色而不淫”。他出入风月场所只是为了排遣心中苦闷，并无俗世的低级欲望。他不过是玩世不恭，穿着僧服进青楼，是对现实的逃遁和抗议，对清规戒律的反叛和不屑。

他对那些青楼女子也是怜爱有加，无半分调戏、欺侮，更不曾发生过肉体关系。曾经有女子问及原因，他说：“爱情者，灵魂之空气也。灵魂得爱情而永存，无异躯体恃空气而生活。吾人竟日纭纭，实皆游泳于情海之中。有人说情海即祸水，稍涉即溺。这是误认孽海为情海的话，并不符合实际，只是物极必反。比如登山，及峰为极，越峰则开始下降。性欲也是如此，性欲乃爱情之极。我俩相爱而不极及乱，才能永守此情，虽远隔关山，其情不渝，乱则热情锐减。我不欲图肉体之快乐，而伤精神之爱，所以才如此，愿你我共守。”

然而男女结合真的会伤精神之爱吗？这是一种爱的极致之果，及至峰顶，硕果永存。苏曼殊不敢摘取，只徘徊在登山的过程中，灵与肉的割裂也让他陷入矛盾中。这种克制与其说是佛门的清规戒律，不如说是他本身的一种心理恐惧。

他在她们那里得到了安慰，情到深处，也有女子想从他这里得到安慰。男欢女爱不再用金钱来交换的时候，就开始用感情来交换了。其中一个叫金凤的女子与苏曼殊情深意切，往来时生出很多欢乐，却眼见无望与苏曼殊结合，只得心灰意冷不辞而别。

苏曼殊独自徜徉在金陵城内，愁闷不已，他想起金凤曾拿出素绢向他求画，他就画了一幅春景：柳枝、春草、碧水、孤舟。吹面不寒杨柳风，可柳絮纷纷愁煞有情人。他把这幅画寄给金凤，虽然明知画到不了金凤手中，也聊作安慰吧。

每每想起那个与自己相知相惜的女子金凤，他便愁肠百结："收将凤纸写相思，莫道人间总不知。尽日伤心人不见，莫愁还自有愁时。"苏曼殊毕竟是情深之人。

此后，苏曼殊变得更加伤感，消极度日。他频繁出入风月场所，带妓女到处游玩，出则香车宝马。这缘于他的一位故人对他的照应。这位故人是任上海都督的陈英士，他主动赠予千金，还笑着对曼殊说："和尚在风尘中生活，不可令床头金尽。"曼殊花钱如流水，千金很快散尽，陈英士就再赠。

风尘中除了温柔体贴的素贞、"惊才绝艳"的桐花馆，就数花雪南与苏曼殊最投缘。花雪南气质清绝，姿颜美丽，聪慧可人，待人又大方得体，很受苏曼殊的倾爱。他喜欢她那份幽静，她也爱慕他的才情。然而两人最终也没能在一起，曼殊仍旧认为结为夫妻必成怨偶，不如保留这份感情，留待日后慢慢回味。他这种在感情中徜徉，进退不得的情景曾在诗中表达出来：

何处停侬油壁车，西陵终古即天涯。

拗莲捣麝欢情断，转绿回黄妄意赊。

玳瑁窗虚延冷月，芭蕉叶卷抱秋花。

伤心独向妆台照，瘦尽朱颜只自嗟。

油壁车是当年苏小小与恋人相会时乘坐的，在这里，苏曼殊把花雪南比作苏小小，他说："你的油壁车在何处停伫呢？西陵作古，我们终究天涯各一方。情如莲丝难捣断，如麝香袅袅难灭，可是春总要归去，情总要断。伤心也罢，形销骨立也罢，只有枉自嗟叹两无缘了。"

友人郑桐荪感其情凄凄，和诗道："曾傍红楼几驻车，青衫无奈又天涯。诗成百绝情难写，雪冷三冬恨梦赊。漫去深山盟落叶，应怜空谷老名花。朱颜未减少年态，何事频频揽镜嗟？"

## 天生一情种

苏曼殊有些像贾宝玉，天生一情种、一痴人。但是宝玉终究还有过云雨情，而曼殊的恋爱皆是柏拉图式的，与众女子纠缠一时，最终以他人失望作结。

这种状态在与日本艺伎百助枫子相恋中更能看出端倪。

一九〇九年，苏曼殊去日本探望母亲。正巧东京有一场小型音乐会，曼殊在音乐会上认识了调筝的女子百助。曼殊是郁郁不得志的羁人，百助是阅尽沧桑的艺人，两人一见如故，引为知音，互生爱慕，同居一夜却什么也没做，当百助主动投怀送抱时，他却以已入空门为由逃避肌肤之亲。苏曼殊那首著名的诗“乌舍凌波肌似雪，亲持红叶索题诗。还卿一钵无情泪，恨不相逢未剃时”就是为此事而写的。

他又做了一次“负人”，柔肠寸断，备受煎熬，只得哀叹“袈裟点点疑樱瓣，半是脂痕半泪痕”。

苏曼殊为百助写诗云：

《寄调筝人》三首其一

禅心一任蛾眉妒，佛说原来怨是亲。

雨笠烟蓑归去也，与人无爱也无嗔。

还以为是“一蓑烟雨任平生”的潇洒，其实在这里是故作潇洒，若真能做到与人无爱也无嗔，又哪来那般伤心事呢？从下面这首诗可以看出来，又是拭泪痕，又是日日思君，是恋爱令人老啊，笼罩着一片黄昏的孤凄气氛。

《寄调筝人》三首其三

偷尝天女唇中露，几度临风拭泪痕。

日日思君令人老，孤窗无语正黄昏。

还有“华严瀑布高千尺，未及卿卿爱我情”，真是此情深，深千尺，莫奈何，“恨不相逢未剃时”！

柳亚子说：“学佛与恋爱，正是曼殊一生胸中交战的冰炭。”

任访秋的论断更为肯綮：“一个富有感情的诗人，却要做断绝尘缘、泯灭五情的比丘，这是多么不可能，但曼殊以最大的克制力来抵御外缘的侵袭，表面上似乎是行云流水、悠然自得，可是心灵深处的痛苦，又使他不能不发露出来，这就表现出‘无端狂笑无端哭’的样子，像是一个神经上有毛病的人，而实际上这正是他思想感情的真实写照。”

朋友们对他神经上的这点毛病是又怜爱又疼惜的。有一次，他看见一个美貌的歌伎正在搭电车，就赶紧跑过去。电车开了，他没赶上那个歌伎，却跌落了两颗门牙，成为朋友们的笑谈。

“春雨楼头尺八箫，何时归看浙江潮？芒鞋破钵无人识，踏过樱花第几桥？”“九年面壁成空相，持锡归来悔晤卿。我本负人今已矣，任他人作乐中筝。”眼前让人看到这样一个场景：春雨霏霏，行人寥寥，一个踏芒鞋持破钵的僧人孤寂地走在桥头上，任他处筝声怡悦，他却要背离而走，漂泊如浮萍，苏州、惠州、杭州、南京、芜湖、香港、锡兰、南洋……都曾有他凄凉的身影，唯独上海，是他总要回归的地方，因为那里有众多与他志趣相投的朋友。君子之交淡如水，唯有朋友是他这一生中可以寻求慰藉的可靠感情。与跟自己才情相匹配的人交往是人生一大乐趣，这种精神联结更结实、更纯粹，还时时从他的痴性里逗出些乐趣。

有一次，几个朋友闲聊，一个朋友捉住一只虱子，正要摁死，曼殊却制止说：“也不用弄死嘛，捉到你手里它已经够痛苦，扔在窗外就行了。”让朋友们哭笑不得，这简直要以身饲虱嘛。

朋友们还故意抓住他怕鬼的弱点，晚上围在一起讲些鬼故事吓他。有一天晚上，大家又开始讲鬼，曼殊缩在墙角，连声音也不敢出。后来大家散去了，他躺在床上辗转反侧，无法入睡，半夜里喊叫起来，与他同室的邵元冲问他喊什么呢，原来是尿憋得难受。“那为什么不快去厕所？”曼殊说：“蓝面大头鬼在外面……”邵元冲只好陪着他到外面去。

而对于亲情，他是缺失的。父亲苏杰生是英商茶行的买办，常年在日本，因此娶了日本女人河合仙，却与河合仙的妹妹若子私通生下苏曼殊，后来若子嫁了人，曼殊就由大姨母河合仙抚养。几年之后，苏杰生因为生意失败被迫回国，把河合仙一个人抛在了日本。六岁的苏曼殊也随嫡母黄氏回到老家广东，就读私塾。因为是私生子，又是混血儿，他在大家族备受歧视。有一次他生病了，被医生诊断为传染病，就被扔进了柴房。黑乎乎的墙壁上有一层厚厚的灰尘，有被雨冲刷过的痕迹，还结了蜘蛛网，他就被放在墙角的一堆茅草上。

虽然他后来在上海接受新式教育，又留学日本，但是内心的悲苦早已生了根，也发了芽。他一次次剃度并非没有缘由，早在十六岁起就有了遁入空门的念头。

苏曼殊一九〇七年秋致友人刘三信中说：“家庭事虽不足为兄道，每一念及，伤心无极矣！嗟夫！刘三，曼诚不愿栖迟于此五浊恶世也。”对于“五浊恶世”，他不能像普通人一样逆来顺受、苟且度日，所以弃世；又不能练就铁石心肠，所以每每被世间儿女情长勾动。

苏曼殊至情至性，却又自私彻底，他的爱既高贵又飘忽，他肆意宣泄，从不知收敛。《论语》讲“从心所欲不逾矩”，可是不逾矩那还叫从心所欲吗？曼殊是一生放荡不羁爱自由，直到生命终结的那一刻也没有活成人们所要求的“成熟”。

他独特的性格让他留下了充满才情的文学和书画作品，他内心的孤寂又让他进入佛道的境界，而他的生命是他最好的作品。

“一切有情，都无挂碍。”一九一八年，苏曼殊走完他的红尘孤旅，再也无挂碍了，那年他三十五岁。

直到六年后，朋友们才凑足丧葬费，将他葬在西湖岸边孤山脚下，与苏小小墓遥遥相望。

图书在版编目（C I P）数据

纸短情长 / 青梧著. — 北京 : 中国友谊出版公司,
2018.8（2019.3重印）
ISBN 978-7-5057-4436-3

Ⅰ. ①纸… Ⅱ. ①青… Ⅲ. ①故事—作品集—中国—当代 Ⅳ. ①I247.81

中国版本图书馆CIP数据核字(2018)第161914号

书名 纸短情长
作者 青 梧
出版 中国友谊出版公司
发行 中国友谊出版公司
印刷 河北鹏润印刷有限公司
规格 880×1230毫米 32开
8.25印张 150千字
版次 2018年9月第1版
印次 2019年3月第2次印刷
书号 ISBN 978-7-5057-4436-3
定价 45.00元
地址 北京市朝阳区西坝河南里17号楼
邮编 100028
电话 （010）64678009